Kathryn Lamb
lebt mit ihrem Ehemann und ihren sechs Kindern in Dorset, England. Sie schreibt nicht nur Bücher für Jugendliche, sondern hat auch schon viele Texte illustriert.

Ihre Familie hat sie beim Schreiben dieses Buches sehr unterstützt und dafür möchte sie sich herzlich bei ihr und den beiden außergewöhnlichen Großeltern bedanken.

Kathryn Lamb

Boy Watching!

Von Muttersöhnchen, bösen Jungs und Mr Ultracool

Aus dem Englischen von Ernest Steinberg

UEBERREUTER

Die Deutsche Bibliothek – CIP-Einheitsaufnahme

Lamb, Kathryn:
Boywatching : von Muttersöhnchen, bösen Jungs und Mr Ultracool / Kathryn Lamb. [Aus dem Engl. von Ernest Steinberg]. – Wien : Ueberreuter, 2002
(Ueberreuter talk about)
Einheitssacht.: Boywatching <dt.>
ISBN 3-8000-1573-0

JS 0076/1

Aus dem Englischen von Ernest Steinberg
This Translation of "Boywatching", first published in the United Kingdom in 1998, is published by arrangement with Piccadilly Press Limited, London, England.

Umschlaggestaltung von Zembsch' Werkstatt, München, unter Verwendung eines Fotos von imageshop.com

Druck: Ueberreuter Print
7 6 5 4 3 2 1

Ueberreuter im Internet: www.ueberreuter.de

INHALT

Für meine Kinder

EINLEITUNG

Schau! Da drüben! Noch einer! Noch ein was?, wirst du dich jetzt zu Recht fragen. SIE sind überall (in der Schule, zu Hause, in der Stadt, in Bussen, in Zügen, auf Fahrrädern/Skateboards/Rollerblades und starren dich mit betörenden Blicken aus den Hochglanzmagazinen an). Wer sind sie also?

Antwort: JUNGS

Der Junge ist ein seltsames, unergründliches, doch zutiefst faszinierendes Wesen, das eine genauere Betrachtung verdient. (Insbesondere seine Hinteransicht in eng anliegenden Jeans usw. usw. möchte man näher in Augenschein nehmen). Wenn du vorhast Jungs ernsthaft zu erforschen, solltest du dir zuerst klar machen, dass es viele verschiedene Spezies von ihnen gibt, von denen jede ihre Besonderheiten (manche mehr als andere) und Eigenschaften besitzt, die sorgfältig beobachtet und identifiziert sein wollen – aus sicherer Entfernung. Nur wenn du das eine oder andere über die Spezies, mit der du es zu tun hast, weißt, solltest du dich ihr nähern, und auch dann nur mit großer Vorsicht (und natürlich mit diesem Buch zur Hand, falls du weitere Beobachtungen machen möchtest).
Falls du dir Sorgen machst, der Junge könnte es eigenartig finden, dass du in einem Buch über ihn nachliest (kann ja sein, dass du ihn nicht erschrecken oder verscheuchen willst), findest du in diesem Führer auch nützliche Hinweise, wie du ihn ermutigen kannst, in DEINE Richtung zu schauen und, mit ein wenig Glück, in DIR das fantastischste Mädchen zu erkennen, das er je gesehen hat.

Warnung

Nachdem du eine Jungenspezies identifiziert hast, solltest du dich auf eine der folgenden Reaktionen gefasst machen:

- Vielleicht möchtest du dich ihm an den Hals werfen. Wenn das der Fall ist, solltest du ein wenig Zurückhaltung walten lassen, sonst wirst du ihn mit Sicherheit verscheuchen.
- ....Du bist halb fasziniert, halb verunsichert. Nähere dich behutsam.
- .....Du spürst den unwiderstehlichen Drang, in der entgegengesetzte Richtung davonzulaufen. Das könnte durchaus die beste Entscheidung sein.

Du musst wissen, was dich erwartet. Wenn du in der Lage bist, eine Spezies anhand bestimmter Verhaltensmuster zu erkennen, kannst du einerseits vermeiden, dass der Betroffene davonläuft, und andrerseits, dass er dich für immer verfolgt.

Kapitel 1

DIE JUNGS, DIE DU UNBEDINGT TREFFEN MUSST – DIE SEXY JUNGS

SPEZIES 1
BOAH!
(BOOAAH!)
ZUM
UMFALLEN
SEXY

Äußeres Dieser Junge ist so umwerfend, dass du seinetwegen gegen Laternenpfähle rennst und nicht mehr weißt, wie du heißt. Allein ihn zu sehen erfüllt deinen Tag mit Sonnenschein – wenn du ihn richtig kennen lernen würdest, dann wäre das die Lösung all deiner Probleme! Übrigens: Denk daran, dass der Junge, den du für unwiderstehlich hältst, für deine Freundin das Inbild eines absoluten Fadians sein kann. Er ist mit Sicherheit der Junge DEINER Träume.

TRAUMBOY

WIE MAN EINEN TOLLEN JUNGEN ENTDECKT

Die Art, wie er geht ...

Die Art, wie er spricht (und die Art, wie er dich ansieht ...)

Besondere Kennzeichen Süße Grübchen, gemeißelte Wangenknochen, das BEZAUBERNDSTE Lächeln, die EROTISCHSTE Art zu gehen, die du JE gesehen hast ... (Seufz!). Er hat so viele hervorstechende und wunderbare Merkmale, dass wir uns die Mühe sparen können, sie alle aufzuzählen ...

Wo du ihn findest In der Schule, wahrscheinlich eine Klasse über dir. Oder er kann der Freund deines älteren Bruders sein oder der ältere Bruder deiner Freundin (oder der Bruder der Freundin des älteren Bruders deiner Freundin ... spielt das irgendeine Rolle?).

Charakteristisches Verhalten Eine Neigung, dich nicht wahrzunehmen.

Typische erste Begegnung Dein Bruder hat IHN genau in dem Moment mit nach Hause gebracht, da du in Handtücher eingewickelt aus dem Badezimmer kommst, ohne Make-up und mit rötlich glänzendem Gesicht. Du bringst kein einziges Wort heraus und huschst wie ein aufgescheuchtes Kaninchen in dein Zimmer, in der Hoffnung, dass er nicht den Trommelwirbel deines Herzschlags hört.

Danach wirst du an der Zwangsvorstellung leiden, dass das nächste Mal, wenn du ihn siehst, einer oder ALLE der folgenden Fälle eintreten werden:

Wie du ihn eroberst Die eine oder alle der folgenden Strategien erregen wahrscheinlich seine Aufmerksamkeit:

Weißes Gesicht und
violette Lippen. Augenwimpern,
so dick mit Wimperntusche bestrichen,
dass sie KLIMPERN.
GRUSELIG

Mysteriös und rätselhaft
(der Filmstar-Look).
Nachteil: er wird
nie herausfinden, wer du bist
(niemand wird das)

Neue Frisur (Er wird dir einen Teller
mit Milch geben, weil er dich für einen
Igel hält)

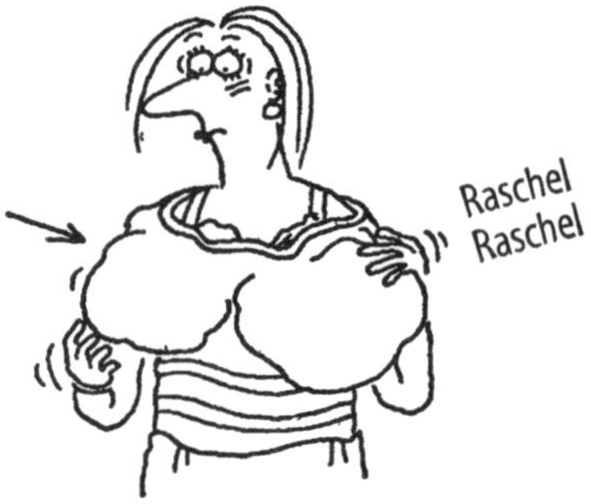

Aufgerollte
Hockeysocken,
zerknüllte Zeitung usw.
wattierter BH

- Sei entspannt und denk daran, dass auch er nur ein Mensch ist. (Das ist schwer, aber stell ihn dir vor, wie er sein Frühstück isst, ein Bad nimmt – wow! – oder mit seiner Katze/seinem Hund spielt – ja, dein Gott ist ein menschliches Wesen.)
- Sei du selbst. Extravagant, aber unverstellt – so wirkst du am ehesten anziehend auf deinen Schwarm.
- Sei lustig und unterhaltsam. Jungs mögen Mädchen mit Persönlichkeit. Einige der attraktivsten Jungs gehen mit unattraktiven Mädchen aus, weil diese dennoch eine Ausstrahlung haben. Üb das Strahlen vor dem Spiegel. Um effektiv zu strahlen, müssen deine Augen genauso lächeln wie dein Mund. Das bringt deine Augen zum Leuchten. Denk an das Allerwunderbarste, das dir passieren könnte (z. B. dass ER auf dich steht!). Jetzt LÄCHLE!
- Finde seine Interessen heraus und die Orte, wo er am liebsten hingeht. Nutz deine Insider-Informationen (bitte deinen älteren Bruder um Hilfe). Aber übertreib es damit auch nicht, sonst bekommt er das unangenehme Gefühl, dass du alles über ihn weißt.

SPEZIES 2
DER COOLE TYP
WOW

Haltung Locker. Relaxed. Schafft es, immer total entspannt auszusehen, sogar auf einem unbequemen Stuhl in der Schule.

Besondere Kennzeichen Der coole Typ wird meist in zurückgelehnter Haltung angetroffen, die Füße (in teuren Turnschuhen) auf einem Stuhl oder Tisch (oder sogar auf deinem Schoß). Seine Beine wirken länger als die der meisten anderen Menschen und

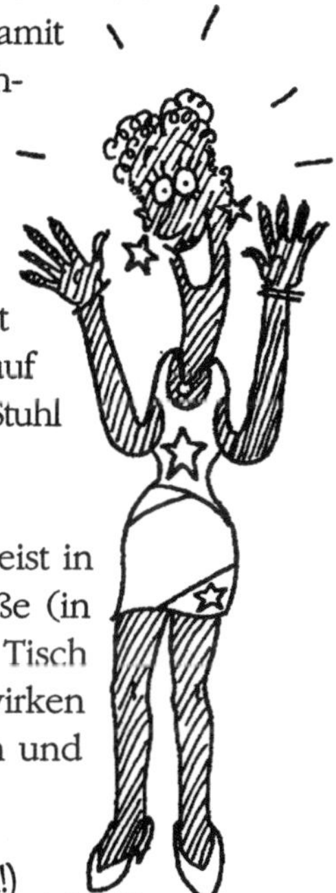

Üb das Strahlen (LÄCHLE!)
(Glitzernde Ohrringe, Nagellack und Make-up können den Effekt vervollständigen.)

er macht sich nicht die Mühe, sie zu bewegen, damit andere vorbei können. Coole Sonnenbrillen sind ein ganz wesentliches Modeaccessoire/Markenzeichen.

Charakteristisches Verhalten Der coole Typ hat seine Prioritäten geklärt. Zuerst kommen Essen und Schlafen — alles andere kann warten.

WIE MAN DEN COOLEN TYPEN ENTDECKT

1) Arbeitshaltung

2) Einstellung zu großen Problemen

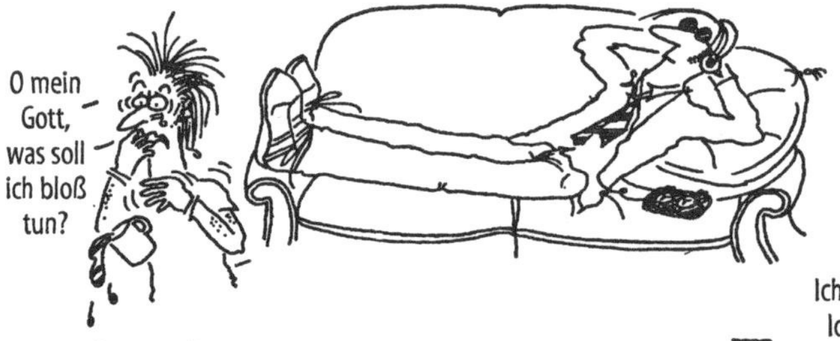

3) Einstellung zum Leben im Allgemeinen

Nichts raubt ihm den Appetit oder kann seinen Schlaf stören. In aktiven Phasen fährt er gerne Skateboard oder Rollerblades. Dafür hat er immer die neueste Ausrüstung. Er ist zu jeder Zeit cool und locker, nichts regt ihn auf.

Typische erste Begegnung mit einem coolen Typen

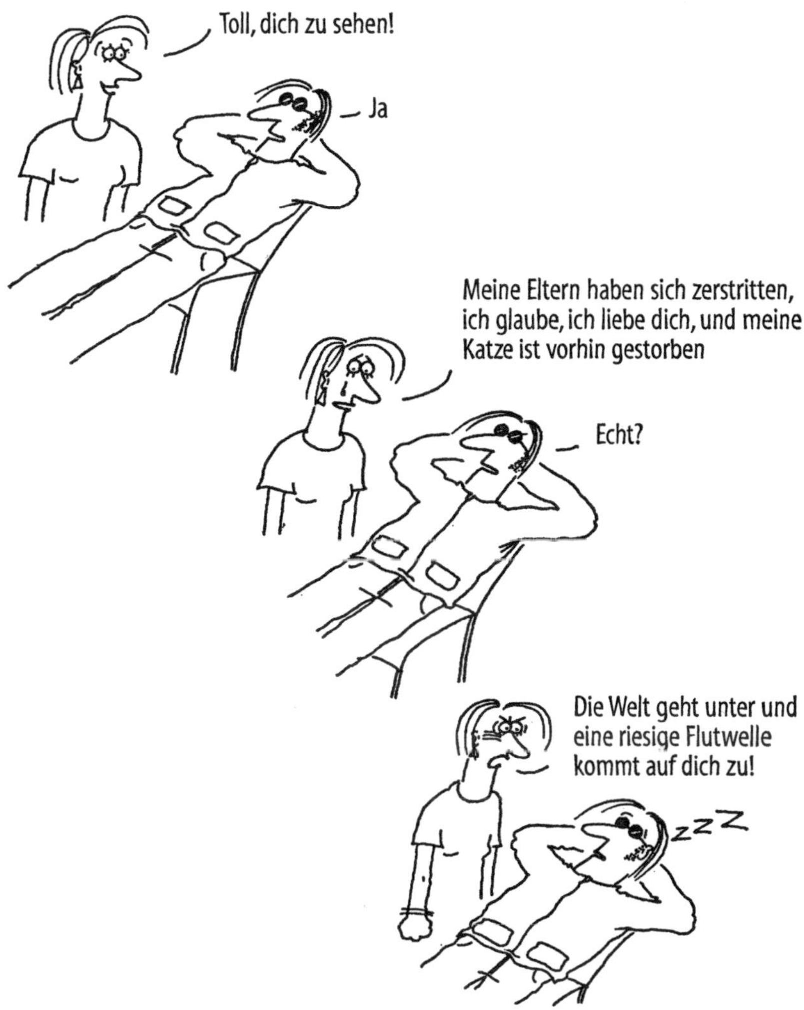

Wie du ihn eroberst

- Sei relaxed. Er findet Mädchen, die zu forsch sind, abstoßend.
- Trag eine coole Sonnenbrille um ihm zu zeigen, dass du zur gleichen Spezies gehörst.
- Erwarte nicht zu viel. Wenn er dich anschaut und eine Augenbraue hebt, dann heißt das wahrscheinlich, dass er dich sehr mag. Antworte mit einem leichten Lächeln (nicht zu stark – das ist DER HAMMER, wenn man ein cooler Typ ist). Wenn er etwas sagt wie: »Du bist okay«, dann WEISST du, dass er dich mag. Wenn er entschlossen scheint, dich nicht wahrzunehmen, kannst du versuchen, ihn zu dir nach Hause zu locken, indem du Köder auslegst: eine Spur von interessanten Computerspielen, Coladosen usw., die zu einem voll gefüllten Eisschrank führt.

UNTERART DES COOLEN TYPEN: MARKENTRÄGER

Besondere Kennzeichen Designer-Labels. Designer-Hemd, Designer-Hosen, Designer-Schuhe, Designer-Frisur, Designer-..., Designer-..., Designer-...). Teures Rasierwasser, das er immer in der Tasche seines Designer-Sakkos/Mantels/Oberteils dabei hat oder im Seitenfach seines Sportwagens (wenn er älter ist). Er riecht cool, selbst an einem heißen Tag.

Charakteristisches Verhalten Gibt sein ganzes Geld für Klamotten aus. Er sieht nach einer Million Euro aus, aber da er seinen letzten Cent für das coole Hemd mit den vielen Taschen ausgegeben hat, ist er vollkommen blank und kann es sich nicht leisten, dich auszuführen. Mach dir nichts draus. Du bist froh, zu Hause zu bleiben und darüber zu staunen, wie schick er ist. Er kann ziemlich melancholisch werden, wenn er merkt, dass er sich den letzten Schrei der Turnschuh-Technologie nicht leisten kann, und er würde sich lieber in seinem Zimmer verstecken als der Welt in den Hosen der letzten Saison gegenüberzutreten.

So erkennst du den Unterschied zwischen einem normalen Sterblichen und dem coolen Typen am heißesten Tag des Jahres

Typischer Lebensraum Coole Designer-Cafés (er kannn sich lange an einer Tasse Kaffee festhalten, wenn er knapp bei Kasse ist). Er liebt Örtlichkeiten mit viel Glas, Chrom, Spiegeln (sodass er sich darin bewundern kann) und cooler Musik im Hintergrund.

Wie man sich an einen Markenträger heranmacht Vorsichtig. Bring seine Designerfrisur nicht durcheinander, bring keine Falten in sein Designer-Jackett (hänge es sorgfältig auf einen hölzernen Kleiderbügel), und was auch immer du tust, weine dich NIE an der Schulter seines Designer-Hemds aus.

SPEZIES 3

PARTY-LÖWE

Aktiv Hauptsächlich nachts.

Auftreten und Verhalten bei Tag Schläft meist. Wenn er aufgeweckt wird, kann er mürrisch sein und Dinge sagen wie: »Verdammt noch mal, lass mich schlafen. Ich bin erst um drei ins Bett gekommen.« Diese Art von Bemerkung findet in der Schule wenig Verständnis. Gähnt viel.

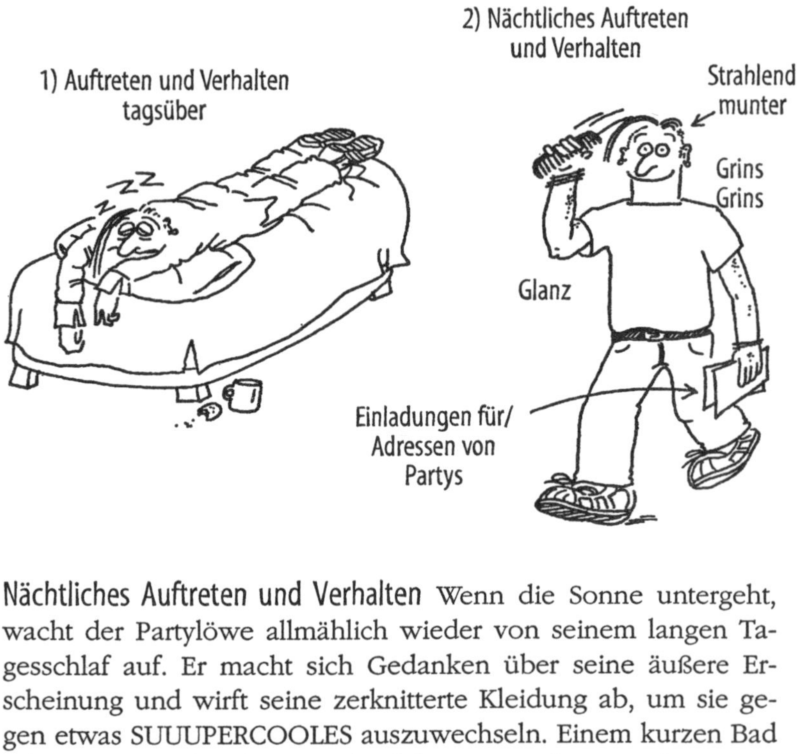

Nächtliches Auftreten und Verhalten Wenn die Sonne untergeht, wacht der Partylöwe allmählich wieder von seinem langen Tagesschlaf auf. Er macht sich Gedanken über seine äußere Erscheinung und wirft seine zerknitterte Kleidung ab, um sie gegen etwas SUUUPERCOOLES auszuwechseln. Einem kurzen Bad oder einer belebenden Dusche folgt eine Fülle von Aktivitäten: er testet verschiedenste Frisuren, probiert dann zehn ausgesuchte T-Shirts an, schleudert diejenigen, gegen die er sich entschieden hat, in die entlegensten Zimmerecken (er hat eine schwer geprüfte Mutter). Er verbringt ziemlich viel Zeit vor dem Spiegel mit mimischen Experimenten, um den speziellen Gesichtsausdruck zu finden, der die Mädchen schwach werden lässt, und verwendet große Mengen Deodorant und Rasierwasser (er riecht WUNDERVOLL). Wenn das Partyvorbereitungs-Ritual abgeschlossen ist, verschwindet er mit hoher Geschwindigkeit durch die Haustür, während ein oder zwei zurückbleibende Erziehungsberechtigte hinter ihm herrufen: »Wo gehst du hin? Wann kommst du nach Hause?«

Experimente mit verschiedenen Frisuren/Gesichtsausdrücke, die Mädchen schwach machen

a) Grins! Grins!

b) Komm und hol mich

c) lieb/süß

d) Wilder Mann

e) Der Denker (manchmal versehentlich mit Nasenbohren verwechselt)

f) Mister Angry (sprich mich an, wenn du dich traust)

Wo du ihn findest Wo immer eine Party stattfindet. Wenn er mit ein paar Leuten im Haus eines Freundes zusammen ist und es ist keine Party im Gange, dann wird er eine MACHEN. »Ruf Heinz an!« ruft er. »Hol Rudi und Andi und Stefan und Dieter rüber! Sag ihnen, sie sollen was zu essen mitbringen! Leg Musik auf – los, jetzt wird gefeiert!« Wenn die Eltern des Freundes schließlich die Nase voll haben und alle hinauswerfen, verlagert er die Party einfach woandershin. Er hat mit Sicherheit eine Einladung zu jeder Party, die läuft, egal wo.

ZWEI ERSCHEINUNGSWEISEN DES PARTYLÖWEN

Durchgeknallt – GSFDE (Garantierter Schock für deine Eltern)

Fast übernatürlich elegant - GWFDE (Garantierte Wonne für deine Eltern)

Auftreten bei Partys Der Partylöwe hat eine chamäleonartige Fähigkeit, sich äußerlich so zu verwandeln, dass er in jede Party passt. Er nutzt jede Gelegenheit, um sich völlig durchgeknallt zu kleiden, zieht aber genauso gern Anzug und Krawatte an (eine Offenbarung für seine Eltern) oder wechselt in einen totalen Grunge-Stil um die halbe Nacht zu raven (seine Eltern sind von der Idee, die GANZE Nacht zu raven, nicht sonderlich begeistert). Er glänzt auf Partys.

Typische erste Begegnung mit dem Partylöwen Es kann schwierig sein, ihm nahe zu kommen, weil er immer im Zentrum der Aufmerksamkeit steht, umgeben von einer Schar von Bewunderern. Das liegt daran, dass er eine Art Partylöwen-Magnetismus ausstrahlt (und so wirst auch du unweigerlich angezogen). Die meiste Zeit verbringt er mit Tanzen, und wenn er tanzt, dann TANZT er wirklich. Er kann sehr anspruchsvoll sein, was die Wahl seiner

Tanzpartnerin betrifft, sodass du dich sehr geschmeichelt fühlen darfst, wenn er mit dir tanzen will. Oder er versucht vielleicht, mit jedem Mädchen zu tanzen (entweder einzeln oder mit allen auf einmal), was nicht so schmeichelhaft ist, aber wahrscheinlich großen SPASS macht. Es ist nicht leicht, mit dem Partylöwen ins Gespräch zu kommen, weil er auf Partys sehr in Anspruch genommen ist (er ist unglaublich beliebt), und tagsüber SCHLÄFT er.

Er TANZT wirklich!

Wie du den Partylöwen eroberst Ganz einfach! Gib eine Party. Wenn deine Eltern von der Idee nicht so begeistert sind, dann überrede deine beste Freundin, eine zu organisieren.

SPEZIES 4 DER ABSOLUTE FLIRTER

Wesen Umwerfend charmant. Deine Mutter findet ihn wunderbar, auch wenn sie ein wenig besorgt ist und nicht ganz genau weiß, warum. Du findest ihn WUNDERBAR und machst dir überhaupt keine Sorgen. (Das ist es, worüber sich deine Mutter Gedanken macht. Das wird ziemlich kompliziert. Er hat diese Wirkung auf Frauen.) Mit Sicherheit GBFDE (Garantiert besorgniserregend für deine Eltern).

Äußeres Eine atemberaubende Kombination von BOAH!, coolem Typ, Designer-Markenträger, vollkommenem Gentleman und Flaumküken. Diese letzte Kategorie wird dich vielleicht wundern ... wie bitte, was? Es verbirgt sich dahinter nur, dass du diesen irren Drang verspürst, ihn zu bemuttern (du spürst diesen infernalischen Mutterinstinkt). Er hat einen gewissen großäugigen, unwiderstehlichen kleiner-Junge-der-sich-verlaufen-hat-, gleichzeitig aber WISSENDEN Blick, der dich dahinschmelzen lässt. (Das einzige Problem ist, dass er nicht notwendigerweise dabei DICH

Dieses Aussehen

ansieht. Wenn er doch NUR IN DEINE Richtung schauen würde!) Du würdest alles, aber auch ALLES für ihn tun. Um die Sache noch schlimmer zu machen: Vielleicht hat er weiches goldblondes Haar, das du für dein Leben gern streicheln möchtest.

Charakteristisches Verhalten Er vernascht dich zum Frühstück (zum zweiten Frühstück, zum Mittagessen, Nachmittagstee, Abendbrot und – wahrscheinlich zum Leidwesen deiner Mutter – zum Mitternachts-Imbiss). Er verschleißt zwanzig Mädchen in der Woche, bricht Herzen, als gäbe es kein Morgen, und bemerkt es oft nicht einmal.

Der absolute Flirter behandelt dich wie Dreck

Wie du ihn eroberst

- Tu so, als wärst du schwer zu kriegen. Er muss sich mächtig anstrengen und sich ändern, wenn er dich wirklich will.
- Mach ihn eifersüchtig. Flirte mit anderen Jungen. (Vergnüge dich. Flirte zurück. GENIESSE.)
- Lern ein paar gute Sprüche um ihn zu necken. Übe dein Flirttalent mit deiner besten Freundin.

Animalische Anziehungskraft

Zwei verschiedene Arten von Flirtern

- **Der natürliche Flirter:** Er liebt einfach Mädchen und genießt ihre Gesellschaft. Er bringt sie gern zum Lachen und neckt sie und du kannst nicht anders als dich in ihn zu verlieben, selbst wenn du weißt, dass ER in jedes Mädchen im Raum verliebt ist.
- **Der bewusste Flirter:** Bei dieser Art des Flirters steht gewöhnlich eine Telefonnummer mit Kugelschreiber/Lippenstift auf der Innenseite oder dem Rücken seiner Hand geschrieben. Er bemüht sich, dass du dich in ihn verliebst, rein um seinem Ego zu schmeicheln. Möglicherweise fehlt es ihm an Selbstvertrauen und deshalb braucht er die Bestätigung, dass Mädchen ihn unwiderstehlich finden (was er wahrscheinlich ist).

Alle aus der obigen Spezies
haben eines gemeinsam: sie sind

HINREISSEND!

Richtlinien, wie mit dieser Spezies umzugehen ist

- Sei cool. Cool heißt selbstbewusst. Das bedeutet, dass du dir deiner sicher bist. Das ist leichter gesagt als getan. Mach eine Liste deiner Vorzüge und muntere dich selbst auf. Denk an etwas Wunderschönes an dir. Übe mit deiner besten Freundin.
- Versuch dich selbst davon zu überzeugen, dass er dir eigentlich nicht so wichtig ist. Betrachte die Eroberung dieser Spezies als ein Spiel, von dem du nicht wirklich glaubst, dass du es gewinnen kannst.
- Nachdem du den HINREISSENDEN JUNGEN getroffen hast, versuch den wirklichen Menschen in ihm kennen zu lernen, das Individuum innerhalb der Spezies. Er kann toll, er kann aber auch widerlich sein. Stell dich auf beide Möglichkeiten ein.

Kapitel 2

JUNGS, DENEN DU BESSER AUS DEM WEG GEHST

SPEZIES 1

IRRER TYP A:

AUF NETTE WEISE DURCHGEKNALLT

Äußeres Süß und witzig. Manchmal trägt er einen verrückten Hut. Oder er trägt einen normalen Hut, den er aber verrückt aufsetzt. Er hat die Fähigkeit, süß auszusehen, selbst wenn er eine Unterhose auf dem Kopf hat. EIN WITZIGER TYP.

Verrückter Hut

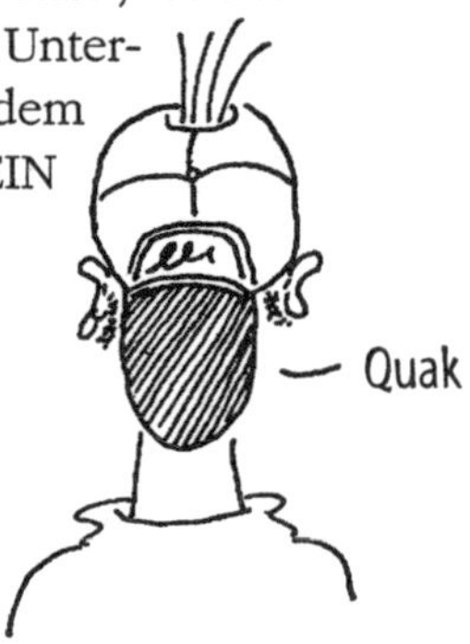

Normaler Hut, verrückt aufgesetzt

Die alte Unterhose-auf-dem-Kopf-Masche

Charakteristisches Verhalten Kann fantastisch ein Hühnchen imitieren, das ein eckiges Ei legt. Dummerweise macht er das oft während Herrn Wildmosers Mathematikstunde. Alle (außer Herr Wildmoser) fallen vom Stuhl vor Lachen. Er ist das sexieste Hühnchen, das du JE IN DEINEM LEBEN gesehen hast!

Wo du ihn findest Beim Nachsitzen (als Folge der Hühnchen-Episode). Meistens spielt er irgendwo vor einer Gruppe von Zuschauern den Kasper. Folge einfach dem Gelächter und den Schreien: »O, Tim, du bist DURCHGEKNALLT!« oder: »Das KANNST du doch nicht tun!« oder: »Und wenn er merkt, dass du im Unterricht keine Hose anhast?«

WIE MAN EINEN (AUF NETTE WEISE) IRREN TYPEN AUF SICH AUFMERKSAM MACHT

Trag einen verrückten Hut ...

Nicht zu verrückt ...

... aber auf süße Art!

Wie du ihn eroberst

• Trag einen verrückten Hut (KEINEN, mit dem du wie aus der Irrenanstalt entlaufen, sondern einen, mit dem du süß aussiehst).

DURCHGEKNALLT

• Lach ausgelassen, wenn er seine Hühnchennummer vorführt (das ist nicht schwierig, denn er ist wirklich herzzerreißend komisch, so wie das eckige Ei).

• Zeig ihm, wie du eine sterbende Fliege nachmachst. (Vermeide diese Nummer während der Mathematikstunden bei Herrn Wildmoser. Außer du bist so versessen darauf, ihm nahe zu sein, dass du mit ihm zusammen nachsitzen willst.

Du solltest vermeiden, die sterbende Fliege in Herrn Wildmosers Mathe-Stunden zu imitieren.

In diesem Fall lass dich nicht aufhalten und führe die sterbende Fliege direkt unter Herrn Wildmosers Nase vor.) Er freut sich vielleicht, dass er jemanden gefunden hat, mit dem er zusammen durchgeknallt sein kann.

Lebenseinstellung TÜ (Total übergeschnappt). Er macht sich über jeden lustig, der in irgendeiner Form Autorität ausübt (Eltern, Lehrer, Polizei, Regierung) und zeigt seine Geringschätzung, indem er so viele Regeln bricht, wie er nur kann. Er sieht sich als Rebell und manchmal stylt er sich nach einem Pop-Megastar (so wie Farin Urlaub von der Rockgruppe »Die Ärzte«). Mit Sicherheit GSFDE (Garantierter Schock für deine Eltern).

IRRER TYP B:
DER REBELL/
DER SKEPTIKER
MISTER ULTRA COOL

Äußeres Er hat einen Schmollmund, der aber recht sexy wirkt. Er versucht den Eindruck zu erwecken, dass ihn nichts aus der Ruhe bringt. Er trägt gewöhnlich Schwarz.

Charakteristisches Verhalten Er geht mit Lehrern und Eltern ziemlich rüde um und ist nie um ein Wort verlegen. Er gibt sich gerne hart und schlagfertig. Er versucht ironisch zu sein und hält sich den anderen in der Schule für überlegen. Er kann gelegentlich einen Wutanfall bekommen, wenn ihn jemand ärgert. Aber eher bevorzugt er den Ausspruch: »Du bist ein toter Mann«, wenn ihm einer blöd kommt.

Was du auf KEINEN Fall zu ihm sagen darfst »Du bist süß.« (Selbst wenn er es ist.)

Er mag
- Trommelfell zerreißende laute Musik.
- extremes Body-Piercing, Tattoos, das Rasieren oder Färben der Haare oder alles, was ihn irgendwie hart und überlegen aussehen lässt.

• dunkle verrauchte Lokale.
• eine endlose Reihe von Mädchen, die alles für ihn tun würden.

ÜBLER TYP (AUF UNNETTE WEISE DURCHGEKNALLT)

Er hasst

• mehr oder weniger alles (außer dem oben Gesagten).

Welche Gefühle er in dir auslöst Ein Rebell hat etwas durchaus Attraktives. Er traut sich Dinge zu tun und zu sagen, die die meisten anderen Menschen nie wagen würden. Er hat eigentlich nichts »Liebes« (und »lieb sein« kann attraktiv sein, ist aber selten sexy). Du fühlst dich mächtig von der Tatsache angezogen, dass er NICHT LIEB ist. Zugleich machst du dir Sorgen, was deine Eltern von ihm halten werden, wenn sie ihn zum ersten Mal sehen. Merkwürdige Fantasien, wie er das Wohnzimmer deiner Eltern zu Kleinholz macht, gehen dir durch den Kopf.

Wie du seine Aufmerksamkeit erregst

- Bleib cool. Er bevorzugt Mädchen, die genauso muffig und gelangweilt aussehen wie er (insbesondere in Mathe-Doppelstunden – kein Problem), gegenüber solchen, die ihn wie Honigkuchenpferde angrinsen und ihm fröhlich durchs Klassenzimmer zuwinken.
- Bei den weniger schädlichen Aspekten seines Irreseins kannst du ruhig mitmachen. Trag ein T-Shirt mit dem Aufdruck seiner Lieblings-Popgruppe (»Die Ärzte« zum Beispiel). Damit zeigst du, dass du dich mit ihm identifizierst und auf die gleiche Musik stehst wie er (Das ist toll, wenn es stimmt, aber nicht so toll, wenn du insgeheim schmalzige Liebesballaden vorziehst. Den gleichen Musikgeschmack zu teilen ist für jede Beziehung ein großer Vorteil).
- Weil Nachahmung die höchste Form der Schmeichelei ist, könntest du probieren, auszusehen wie er. Das kann bedeuten, dass du dir den Kopf rasierst oder dein Haar in einer schreienden Farbe färbst, deine Nase an sechs verschiedenen Stellen piercen lässt (Du müsstest allerdings deine Nasenstifte/ringe herausnehmen und die Löcher mit Wachs füllen, bevor du schreckhafte Erwachsene besuchst – also benutze doch lieber die Aufklebepiercings von deinem kleinen Bruder. Sie sind nicht ganz so dauerhaft, falls du zu dem Schluss kommst, dass du sie doch nicht magst). Aber denk daran, dass du deinen Eltern am Frühstückstisch gegenübersitzt.

Bist du hart genug und hast die wilde, rebellische Ader, die zu deinem Aussehen passt? Wenn die Antwort lautet: »Hm, nicht so ganz«, und du eher dazu neigst, strahlend zu sagen: »Guten Morgen, Mama und Papa! Würdet ihr mir bitte die Cornflakes reichen?«, dann genügen vielleicht ein Nasenstecker und ein paar Farbsträhnchen statt eines ganzen Kopfs mit kurz geschorenem, leuchtend grünem Haar. »Das erinnert mich daran, dass ich den Rasen mähen muss«, ist vermutlich die mildeste Reaktion, die du von deinem Vater erwarten kannst.

Ein seltsamer Nebeneffekt des Rebellen Vielleicht gibst du dich der Hoffnung hin, du allein könntest das Herz des wilden Jungen erobern und zu der wirklich süßen, liebenswerten Person durchdringen, die wie ein weicher Kern hinter der wilden, harten, rebellischen Schale verborgen liegt. Das ist schon möglich, aber da wäre dann noch etwas ...

Großer Nachteil Wenn seine Beziehung mit dir bedeuten sollte, dass er sich bessert und sich als ganz LIEBER Typ entpuppt ... dann kann es sein, dass er dir gar nicht mehr gefällt.

SPEZIES 2 DER MACKER

Wo du ihn findest In Gruppen, vor einem Geschäft, z. B. einem Video-Laden, dem nächsten Imbiss oder einfach an einer Straßenecke, auf den Stufen eines öffentlichen Gebäudes oder auf einer bevorzugten Mauer (oder in einem Buswartehäuschen, wenn es regnet). Man findet sie auch in Scharen auf Fußballplätzen. Ältere Macker sitzen in Autos, wo sie so laut Musik hören, dass alle Vorbeikommenden den hämmernden Rhythmus deutlich spüren.

EINFACHE GLEICHUNG:

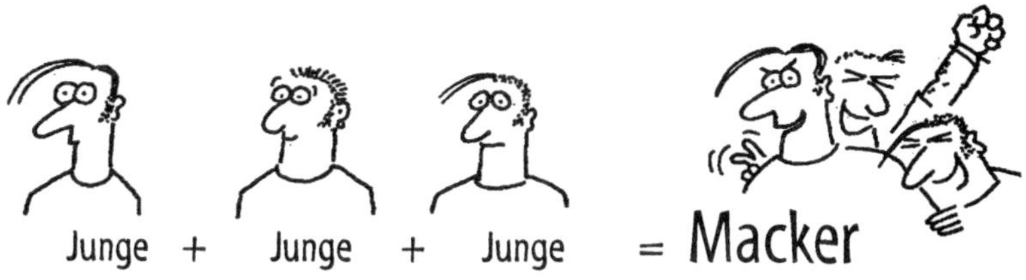

Seltsam, aber wahr: Wo mehr als zwei Jungs zusammenkommen, insbesondere wenn Mädchen in der Nähe sind, verwandeln sie sich (wenn auch nicht immer) in MACKER. Daher der Spruch: »Ein Macker kommt selten allein.«

Charakteristisches Verhalten Sie versuchen jedes Mädchen, das vorbeikommt und gut aussieht (dich), anzumachen, indem sie ihr etwas zurufen oder Kommentare über sie abgeben (»Schau dir DIE an! Super Beine! Gib uns einen Kuss! usw.«). Sie wollen vor allem, dass du verlegen wirst, um damit vor ihren Freunden Eindruck zu schinden.

Charakteristischer Ausruf »BOOAAH! WOO-OOW!« (Diese merkwürdigen Mackerschreie lassen sich nur schwer in Worte fassen. Man muss sie hören um sie richtig zu interpretieren. Und das wirst du mit Sicherheit.) Zu ihrem Repertoire gehört auch das bewundernde Hinterherpfeifen zusammen mit einem lauten »AAAAH!«, das gespieltes Selbstmitleid (oder auch echtes Selbstmitleid) ausdrückt, wenn das betreffende Mädchen nicht reagiert oder versäumt zu ihnen hinzuschauen.

Was passiert, wenn du zu ihnen hinschaust (und es ist SEHR schwer, nicht hinzuschauen, wenn jemand dabei ist, der dir gefällt): Sie grinsen breit und zwinkern dir wissend zu. Wenn du weitergehst (FALLS du weitergehst), geben sie ein triumphierendes Freudengeheul von sich und schlagen sich gegenseitig auf den Rücken und in die Hände. Vielleicht foppen sie sich auch gegenseitig mit lauten Sprüchen wie: »Du stehst voll auf die, was?« Sie sind absichtlich so laut, damit du jedes Wort hören kannst und vielleicht rot wirst. Das lieben sie.

Wahrscheinliche Wirkung auf dich Du bist verlegen, doch gleichzeitig freut es dich auch, dass du ihre Aufmerksamkeit erregt hast und ihnen offensichtlich gefällst (noch OFFENSICHTLICHER könnten sie es kaum zeigen). Es ist ziemlich aufregend. Du möchtest die tolle Puppe sein, nach der sie ihre Köpfe wenden. Du fühlst dich ein bisschen gehemmt, wenn du an ihnen vorübergehst, und befürchtest, dass dein Rock sich hinten verheddert hat oder dein Lippenstift verschmiert ist. Macker lassen keine Gelegenheit aus, um Mädchen in Verlegenheit zu bringen (sie wollen unbedingt eine Reaktion bei Mädchen sehen).

Wie du ihn eroberst

- Trag einen kurzen Rock.
- Wirf dein Haar sexy zurück, wenn du an ihnen vorbeigehst (ist schwierig mit Kurzhaarfrisur).
- Hohe Absätze sind sexy, aber überleg es dir gut, ob du damit auch nicht das Gleichgewicht verlierst. Es wäre für die Macker ein gefundenes Fressen, wenn du stolperst, und dein Stolz würde verletzt, wenn nicht noch mehr.
- Wenn es ein windiger Tag ist, solltest du vielleicht lieber NICHT den Rock tragen, der beim leisesten Lufthauch hochfliegt (oder den Wickelrock, der immer mal wieder aufgeht und zu Boden fällt. Es sei denn, du bist SEHR darauf erpicht, ihre Aufmerksamkeit zu erregen.)

Diese Methoden können Spaß machen, aber wenn sie nicht zu dir passen, dann mach dir weiter keine Gedanken darüber.

• Du könntest versuchen an ihnen vorbeizugehen und nichts anderes als einfach ein Mädchen zu sein (das ist wahrscheinlich genug). Vielleicht fühlst du dich in der Begleitung von ein paar Freundinnen besser und freier. (Die Sicherheit in der Gruppe ist das Grundprinzip des Mackers. Sie erlaubt ihm Dinge zu tun und zu sagen, die sehr viel riskanter wären, wenn er auf sich allein gestellt und ohne die Ermunterung seiner Kameraden wäre.)

Besondere Anmerkung zum Macker Allein für sich und ohne den Druck, die anderen beeindrucken zu müssen, kann er ein ganz anderer Mensch sein (still, nachdenklich und ein guter Gesprächspartner).

Was du zum Macker NICHT sagen darfst, wenn er mit anderen Mackern zusammen ist

• »Hast du es warm genug?« Im Winter an einer zugigen Straßenecke ein dünnes T-Shirt zu tragen gehört zum Mackerimage. Sosehr er deine Anteilnahme wahrscheinlich begrüßen würde, wenn du mit ihm allein wärst, so sehr würde es ihn vor den Augen der anderen Macker herabsetzen. Widerstehe dem Drang, ihn zu bemuttern, egal wie süß er ist.

- »Ich glaube, ich habe dich neulich gesehen – du warst mit deiner Mutter einkaufen, oder?« (Mit seiner Mutter einkaufen zu gehen, ist uncool und völlig unmackerhaft. Seine Freunde würden ihn gnadenlos aufziehen.) Er mag zu Hause eine große Schmusekatze sein, aber erwähne das nie in der Öffentlichkeit. Er ist ein MACKER.
- Es ist vielleicht besser, nicht viel zu sagen. Lächle einfach, lach über ihre Witze und versuch, cool auszusehen (aber denk daran, dass es nicht stört, wenn du rot wirst – es macht ihnen riesiges Vergnügen, wenn sie dich in Verlegenheit bringen können, und du hast dann großen ERFOLG bei ihnen).
- Andrerseits, wenn dich die Idee stört, mit den Mackern mitzuziehen, dann kannst du auch gar nichts sagen und einfach du selbst sein. Wenn du den Macker auf diese Weise nicht anziehst, dann besteht die große Wahrscheinlichkeit, dass du ihn bei näherem Kennenlernen nicht mögen würdest ...

Anmerkung des Herausgebers Die Verleger sind sich nicht sicher, ob der Begriff »Macker« eine eigene Spezies darstellt, da fast alle Spezies, die in diesem Buch erwähnt werden, in der Gruppe zu einem ähnlichen Verhalten neigen. Doch die Autorin ist davon überzeugt, dass dieser Typ eine eigene Kategorie als Spezies verdient, da eine Reihe männlicher Wesen nur in diesen Cliquen identifiziert werden kann.

SPEZIES 3
DER BÖSE JUNGE (SCHLECHTER UMGANG)

Äußeres Man könnte für ihn sterben (und vielleicht wirst du sogar früher sterben, als dir lieb ist, wenn du von seinem Wesen nicht ANGETURNT wirst).

Sein Wesen Er beherrscht gern andere, aber ihm fehlt es an Selbstbeherrschung.

BÖSER JUNGE (AUF BÖSE WEISE BÖSE) (WIRKLICH BÖSE)

Wo du ihn findest In einer Gruppe älterer Jungs. Er mag älter sein als du, aber er fühlt sich von jüngeren Mädchen angezogen, weil sie leichter zu beeindrucken und zu beeinflussen sind. Dich fasziniert vielleicht die Vorstellung, mit jemand Älterem auszugehen, der einen SCHLECHTEN Ruf hat und gefährlich GUT aussieht. Es gibt dir einen Kick, wenn du daran denkst, wie deine Freundinnen reagieren werden, halb schockiert und halb neidisch.

Charakteristisches Verhalten Er ist arrogant, schwer zufrieden zu stellen, leicht gelangweilt und hält sich für Gottes Geschenk an die Mädchen. Er gerät schnell in Wut, gerade auch wegen Kleinigkeiten. Er muss sich immer gut amüsieren und er wird betteln, stehlen, lügen oder betrügen um zu bekommen, was er will.

Wie du ihn eroberst

- Sieh in ihm Gottes Geschenk an die Mädchen. Schmeichle seinem Ego, indem du ihm folgst, seine Gewohnheiten annimmst, einschließlich seiner Art zu reden (es erscheint als nicht schicklich, sie in diesem Buch wiederzugeben) und anderer nicht so angenehmer Eigenschaften. Glaube alles, was er sagt, und widersprich nicht.

Traurige Tatsachen/schlimme Tatsachen Da Gefahr erregend wirkt, ist es anfangs spannend, mit ihm zusammen zu sein und Dinge zu tun, vor denen man dich immer gewarnt hat. Insbesondere, weil du mit jemandem zusammen bist, den du wirklich magst. Seine starke Persönlichkeit zieht dich an, auch wenn er sich dir gegenüber nicht immer nett verhält, in deiner Gegenwart andere Mädchen anmacht, um dich zu verletzen und eifersüchtig zu machen. Wahrscheinlich ist er zutiefst verunsichert.

Doch wenn der Reiz des Neuen sich verliert, findest du dich vielleicht in einem verhängnisvollen Kreislauf von Verhaltensmustern gefangen, die dich unweigerlich hinunterziehen. Der Junge, von dem du dachtest, er sei ein bisschen herumgekommen und könne dich an alle möglichen unbekannten Orte mitnehmen, ist in Wahrheit unterwegs nach nirgendwo – und das sehr SCHNELL. Er glaubt, er lebe auf Messers Schneide – aber in Wirklichkeit kann dieses Leben recht schäbig und langweilig aussehen.

Was ein böser Junge unter »Spaß haben« versteht

- In Kneipen und Bars gehen, wo er noch nichts zu suchen hat.
- Verbotene Dinge tun – z. B. Alkohol und Drogen konsumieren.
- Sich mit all seinen älteren Freunden in ein Auto quetschen und dann mit hoher Geschwindigkeit auf und davon brausen.
- Am Gesetzesbruch entlangschlittern und gedankenlos Dinge zerstören.

SPEZIES 4

GSFDE

(GARANTIERTER SCHOCK FÜR DEINE ELTERN)

Äußeres Extra zurechtgemacht, um den größtmöglichen Schock im elterlichen Nervensystem auszulösen (das schon normalerweise sehr empfindlich ist). Vielleicht hat er sich den Kopf kahl rasiert bis auf einen lila und grün gefärbten Hahnenkamm. Vielleicht hat er einen wallenden Schopf schulterlanger Dreadlocks (oder sogar hüftlang, wenn du willst, dass dein Vater total ausflippt). Eltern machen sich oft Sorgen angesichts von Dreadlocks (vielleicht weil sie wissen, dass DREAD im Englischen so viel wie Angst und Grauen heißt).

DREADlocks

Anmerkung Wenn deine Eltern selbst wildes Haar oder Dreadlocks haben und dein Vater Ohrringe und ein Nasenpiercing trägt, während der ganze Körper deiner Mutter mit Tattoos überzogen ist, wenn sie also einen alternativen, hippieartigen Lebensstil pflegen, werden sie natürlich eher entsetzt sein, wenn du den Ortsgruppenvorsitzenden der Jungen Union mit nach Hause bringst.

GSFDE

Besondere Kennzeichen Die meisten seiner sichtbaren Körperteile sind gepierct (Ohren, Nase, Augenbrauen, Oberlippe, Unterlippe, Zunge, Kinn). Wahrscheinlich gibt es weitere Körperstellen, die gepierct sind, und es ist nur gut, dass deine zitternden Eltern nichts davon wissen. Er hat möglicherweise Tattoos oder einen dünnen Schnurrbart und Stoppeln. Wenn er älter ist als du (eine Tatsache, die schon ALLEINE genügt, nervöse Eltern in Unruhe zu versetzen), hat er vielleicht einen langen ungewaschenen Bart, der in kleine Zöpfchen geflochten ist (süß). Vielleicht hat er einen Pferdeschwanz oder eine Fransen-Lederjacke, die überall mit Ketten, Ansteckern, Taschen und Reißverschlüssen geschmückt ist. Stell dir den schlimmsten Albtraum deiner Eltern vor. DAS ist er, zum Leben erweckt.

Charakteristisches Verhalten Er hat seinen eigenen Kopf und einen ausgeprägten Widerwillen, sich anzupassen. Deine Eltern fürchten, dass seine extremen, alternativen Ansichten zu viel Einfluss auf ihre Herzenstochter haben (»Sie ist so leicht FORMBAR!«).

Wo du ihn findest Zusammen mit anderen Vertretern derselben Spezies gewöhnlich in der Innenstadt oder überall, wo er seinen individuellen Stil zeigen und damit Passanten erschrecken kann.

Wie du ihn eroberst

- Färbe dein Haar (rot oder blond sind okay, wenn du den Gedanken an Lila oder Grün nicht erträgst), nimm Unmengen von Wimperntusche und heller Grundierung, lila Lippenstift und deine schrägsten, coolsten (wahrscheinlich schwarzen) Klamotten. Tritt vor deine unvorbereiteten Eltern. Wenn sie »Uuuaaah!« schreien, weißt du, dass du dein Ziel erreicht hast. Deine Erscheinung hat offensichtlich einen optischen EINDRUCK hinterlassen. Die Verwandlung ist besonders effektiv, wenn du sonst eher geblümte Röcke und attraktive weiße Blusen mit Spitzenkrägen trägst. Jetzt bleibt nur noch zu hoffen, dass dein hartes, kompromissloses, ELTERN ERSCHRECKENDES Aussehen den gleichen Eindruck auf IHN macht (wobei du ihn natürlich erobern und nicht erschrecken willst).

• Wenn du es schaffst, die von den Eltern aufgestellte Hürde (»Du gehst nirgendwohin, so wie du angezogen bist!«) zu überwinden, wirst du dich hoffentlich in der sicheren Gemeinschaft deiner Freundinnen auf einer Party wiederfinden, von der du weißt, dass auch ER da ist. Es wäre natürlich von Vorteil, wenn deine Freundinnen geblümte Röcke und Spitzenblusen tragen würden, sodass du als die COOLE Megabraut hervorstichst. (Es kann aber schwierig sein, deine Freundinnen zur Kooperation zu bewegen, insbesondere wenn er IHNEN ebenfalls gefällt.)

• Du kannst versuchen, ihn durch irgendein wildes Verhalten zu beeindrucken (lautes, hemmungsloses Lachen, laute Stimme, lautes Singen, wildes Tanzen, Grimassen schneiden, Radschlagen).

• Wenn du merkst, dass er dich ansieht (das tun mittlerweile auch alle anderen im Raum), geh zu ihm hin und sag: »Hallo!« (Oder, wenn du ganz in deinem neuen coolen Image aufgehst, kannst du auch sagen: »Was schaust du so?« oder: »Is was?« SEI MUTIG.)

• Wenn du Glück hast, stellt er sich als weniger Furcht erregend heraus, als er aussieht (vielleicht hat er sogar Angst vor DIR). Wenn er allerdings wirklich Furcht erregend ist, kannst du sagen: »Ach, Entschuldigung, ich dachte, du wärst jemand anderer!« (oder eine ähnlich unsinnige Entschuldigung) und zu deinen Freundinnen FLIEHEN.

Eine nicht seltene Eigenschaft (die von gewöhnlichen Eltern überhaupt nicht verstanden wird) Der wahre Charakter des wilden Mannes kann zu seinem Verhalten und seiner äußeren Erscheinung in vollkommenem Widerspruch stehen. Es ist sehr gut möglich, dass unter all dem schwarzen Leder, unter Tattoos, Ketten, Nasenringen usw. ein Herz aus reinem Gold schlägt und dass das Einzige, was sein Herz bisher durchbohrt hat, Amors Pfeil ist (wie du hoffst).

Vorsicht, wenn du diese Spezies deinen nervösen Eltern vorstellst! Es ist oft verführerisch, die eigenen Eltern aus ihrer Selbstzufriedenheit oder zumindest aus ihren Lehnsesseln aufzuschrecken, aber vielleicht solltest du es mit dem Schreck auch nicht übertreiben (vierzigtausend Megawatt eines WILDEN MANNES sind zu viel – es ist grausam).

GSFDE

Denk daran, dass deine Eltern von ganz eigenen Vorstellungen geplagt werden, denn sie sind um deine Sicherheit besorgt (du wirst sie vielleicht NIE davon überzeugen, dass sie das nicht sein müssen.)

Es ist möglicherweise schwierig, sie angemessen vorzubereiten, aber du kannst es versuchen. Sag ihnen, wie süß er in Wirklichkeit ist, auch wenn er nicht so aussieht. Sag ihnen, wie lieb er zu seiner Mutter ist (hoffentlich trifft das zu). Du kannst IHN bitten, sein Äußeres ein bisschen zu zähmen, bevor du ihn mit nach Hause nimmst – er ist vielleicht damit einverstanden, das T-Shirt mit dem aggressiven Spruch durch ein schlichtes auszuwechseln oder auf Make-up oder Nagellack zu verzichten (auch wenn er es sonst nur aus Jux trägt). Das würde deine Eltern nämlich WIRKLICH stören und wahrscheinlich würde dein Vater ihm für immer das Haus verbieten. Du kannst ihn auch bitten, seine coole Sonnenbrille hin und wieder abzunehmen, denn Eltern glauben, dass jemand, der immerzu eine dunkle Brille trägt, etwas zu verbergen hat. Versuch all diese Bitten mit der Versicherung aufzuwiegen, dass DU ihn so liebst, wie er ist, aber dass deine Eltern ein nervöser Menschenschlag sind und sich leicht ängstigen – niemand kann dir Vorwürfe dafür machen, wie deine Eltern geworden sind.

Will jemand ein Stück frisch gebackenen Kuchen?

Sein wahrer Charakter kann zu seinem Verhalten und seiner äußeren Erscheinung vollkommen im Widerspruch stehen

Typische erste Begegnung mit den Eltern

Egal wie gut DU vorbereitet bist, deine Eltern werden es nicht sein. Sei also nicht überrascht, wenn deine Mutter vor ihm zurückweicht und dein Vater wie versteinert dasteht. Deine Mutter kannst du am Ende vielleicht auf deine Seite ziehen, wenn er WIRKLICH süß ist und anbietet, den ganzen Abwasch zu machen (im Extremfall zieht er vielleicht sogar Mamas geblümte Schürze an, bevor er die Hände ins Spülbecken taucht). Bei deinem Vater dauert es möglicherweise etwas länger, bis er aus seinem Zustand der Schreckensstarre erwacht und seine Sprache wiederfindet.

Es gibt ein Merkmal, das die oben genannten Spezies miteinander teilen: **sie sind alle AUFREGEND.** Das Leben mit einem von ihnen wird wahrscheinlich nie langweilig sein (wenn du also lieber ruhige Abende vor dem Fernseher zu Hause genießen willst, dann solltest du diese Jungs aus sicherer Distanz betrachten und dich ihnen nur bei seltenen Gelegenheiten nähern – und nicht vergessen, dir schon mal einen Fluchtweg zurechtzulegen).

Richtlinien für den Umgang mit dieser Spezies

- Sie mögen nach außen hin wild, böse oder gefährlich wirken, aber in ihrem Inneren sind sie vielleicht richtig süße Jungs. Versuch herauszufinden, was sich unter der Oberfläche verbirgt.
- Wenn du entdeckst, dass sich dort Böses versteckt, dann halte dich nicht länger auf. Mach, dass du wegkommst.
- Deine Eltern und Freunde zu schockieren kann spaßig sein, aber der Spaß hört ziemlich schnell auf, wenn das Tragen von provozierender Kleidung/Make-up usw. alles ist, was du mit dieser Spezies gemeinsam hast. Wenn ihr darüber hinaus gemeinsame Interessen habt, dann könnt ihr wahrscheinlich viel miteinander erleben. Wenn du aber seinen Musikgeschmack blöd findest, seine Freunde und seine Art sich zu amüsieren nicht ausstehen kannst, dann ist es wohl ratsam, sich die Sache noch einmal durch den Kopf gehen zu lassen.

Kapitel 3

BRAVE JUNGS

SPEZIES 1
WAS FÜR EIN
SCHATZ
(BRUDERTYP »A«)

Wo du ihn findest In der Nachbarwohnung. Die Straße weiter runter. In deiner Klasse. Deine Eltern kennen seine Eltern. Er ist meistens da, wenn du ihn brauchst.

Stimme Tröstend. Beruhigend. Sagt im richtigen Moment das Richtige um dich aufzumuntern. Es ist auch schön, ihn am anderen Ende der Telefonleitung zu hören. Du könntest stundenlang mit ihm sprechen. Und das tust du auch tatsächlich. Dein Vater beschwert sich über die Telefonrechnung und deine Mutter ist davon überzeugt, dass sich zwischen euch beiden etwas anbahnt. Du kannst ihr offen in die Augen sehen und versichern, dass da nichts ist. Sie wird dir trotzdem nicht glauben (ärgerlich), und beim nächsten Mal, wenn das Telefon läutet und sie seine Stimme hört, führt sie einen kleinen aufgeregten Tanz auf, hält dir den Hörer hin und flüstert: »ER ist's! ER ist's!«

Charakterzüge Unverstellt. VERNÜNFTIG. Treu. Teilnahmsvoll. Hilfsbereit. Wenn er seinen Arm um dich legt, fühlst du dich SICHER. Fühlst du sonst noch etwas? Nein. NEIN.

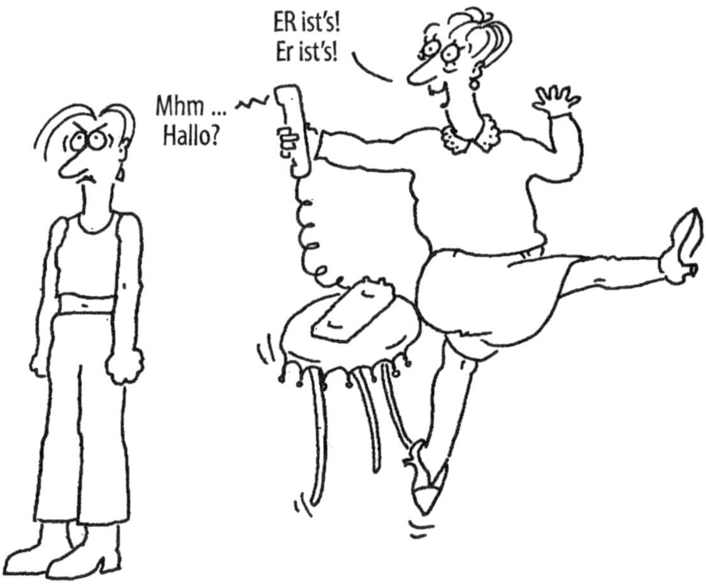

WAS FÜR EIN SCHATZ (WAS FÜR EIN SCHÄTZCHEN)

(BRUDERTYP »B«)

Wo du ihn findest Nebenan. Die Straße weiter runter. In deiner Klasse. Deine Eltern kennen seine Eltern. Er ist meistens da, wenn du ihn brauchst. (Ein Schatz, der da ist, wenn man ihn braucht, ist wirklich ein Schatz.)

Stimme Tröstend. Beruhigend. Aber ... Moment mal. Du spürst ein seltsames Zittern in dir, wenn du SEINE Stimme am Telefon hörst. Komisch. (Nein, überhaupt nicht komisch. WUNDERVOLL.)

Charakterzüge Unverstellt. VERNÜNFTIG. Treu. Teilnahmsvoll. Hilfsbereit. Wenn er seinen Arm um dich legt, fühlst du ... WOWEEEEE!!! Paaaah!

Besonderes (und SEHR enttäuschendes) Kennzeichen Er empfindet für dich nicht das Gleiche. Seine Haltung dir gegenüber ist der Inbegriff des Brüderlichen. Du wünschst dir sehnlich, dass der Knoten mal platzt und er dir seine unsterbliche Liebe erklärt. Stattdessen findet er, dass du müde aussiehst, und bietet an, einen Becher Kakao für dich zu machen.
Es kann allerdings auch sein, dass er immer für dich da war und DU hast IHN nur nie wahrgenommen. Und es ist dein Pech, dass er jetzt, da du dich plötzlich für ihn interessierst, ein anderes Mädchen hat.

Wie du ihn eroberst

• Trag deine sexiesten Klamotten. Vielleicht sieht er dich dann in einem neuen Licht.

• Lass ihn dir einen Becher Kakao machen. Schlag vor, dass ihr euch zum Trinken zusammen aufs Sofa setzt. Schau ihn verführerisch von der Seite an. Er reagiert entweder mit: »Hast du etwas? Du siehst ziemlich rot im Gesicht aus.« Oder er zeigt die Reaktion, die du willst.

• Denk daran, dass eine enge Freundschaft die beste Basis ist, um mit der Zeit eine tiefere Beziehung entstehen zu lassen. Es ist ratsam, das, was du hast, nicht dadurch aufs Spiel zu setzen, dass du ihn zu stark drängst.

... und wenn er seinen Arm um dich legt ... WOW!

SPEZIES 2
DER JUNGE, DEN DEINE ELTERN TOLL FINDEN

Besondere Kennzeichen Nett. Sehr, sehr nett.

Charakteristisches Verhalten Höflich und reizend zu jedermann. Deine Eltern finden ihn wundervoll. Das stößt dich ab. Sie sagen in deiner Gegenwart zueinander immer: »Klaus-Jürgen ist so ein NETTER Junge. Findest du ihn nicht auch nett?« Diese Frage ist eigentlich unnötig, denn beide wissen, wie die Antwort lauten wird. (»Er ist ein netter Junge. Ein sehr, sehr netter Junge.«) Dann stellt dir deine Mutter (gewöhnlich deine Mutter) die gleiche Frage: »Wie findest du Klaus-Jürgen? Ist er nicht furchtbar nett?« An diesem Punkt kann es passieren, dass sich dein Vater noch einmal meldet: »Sein Vater ist auch ein netter Kerl.« Um nicht zurückzustehen, fügt deine Mutter dann hinzu: »Und seine Mutter ist ein richtiger Schatz.« Sie sind nicht wirklich an deiner Meinung interessiert. Aber sie würden sehr gerne sehen, wenn du und Klaus-Jürgen Freunde werden und ihr zusammen ausgehen würdet.

Wo du ihn findest Er wohnt mit seinen Eltern im Nachbarhaus. Auch wenn er nicht so nah wohnt, triffst du ihn ständig. Du triffst ihn beim Einkaufen mit seiner Mutter, wenn du mit deiner Mutter einkaufen gehst. Du triffst ihn im Park mit seinem Hund, wenn du deinen Hund im Park ausführst. (Die beiden Hunde mögen sich. Es sind beides NETTE Hunde). Du sitzt in der Schule neben ihm. Du triffst ihn in der Bücherei/beim Arzt/beim Zahnarzt/im Schwimmbad. Dir wird langsam klar, dass er überall ist.

Welche Gefühle er in dir weckt Schuldgefühle. Du weißt, dass er nett ist. Sehr, sehr nett. Aber du kannst nichts daran ändern, egal wie sehr du es auch versuchst, dass du ihn einfach NICHT AUSSTEHEN kannst.

ANATOMIE EINES NETTEN JUNGEN
(EINES SEHR, SEHR NETTEN JUNGEN)

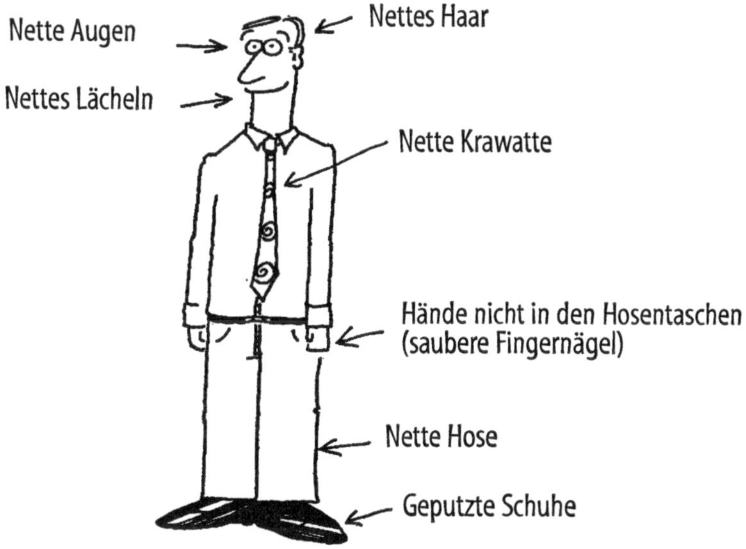

EIN NETTER JUNGE. EIN SEHR, SEHR NETTER JUNGE.

Aber immer, wenn du in seiner Nähe bist,
hast du den unwiderstehlichen Drang, ...

... so auszusehen.

Wie man das Beste daraus macht

- Überlege, was du gegen ihn hast. Er ist nett. Deine Eltern mögen ihn. Beides ist nicht sein Fehler. Beides ist noch nicht einmal ein Fehler.
- »Nett-sein« ist nicht sonderlich sexy. Aber vielleicht suchst du nach den falschen Eigenschaften. Er hat möglicherweise andere Qualitäten, die seine Gesellschaft halbwegs erfreulich machen.
- Versuch etwas an ihm zu finden, das du magst (ein gemeinsames Hobby oder vielleicht sogar ein süßes Grübchen, wenn er lächelt).

SPEZIES 3
DER SCHÜCHTERNE TYP

ES GIBT ZWEI ARTEN VON SCHÜCHTERNEN TYPEN. DER ERSTE IST SO SCHÜCHTERN, DASS ES BEREITS WEHTUT

Stimme Zunächst Schweigen, dann ein zögerliches und kurzes Murmeln: »Hlobnniko« (Übersetzung: »Hallo! Ich bin Niko!«). Fällt in vollständiges Schweigen zurück, unterbrochen nur von gelegentlichem nervösen Räuspern.

Charakteristisches Verhalten Er fühlt sich offensichtlich nicht wohl in seiner Haut, sitzt auf der Stuhlkante, die Arme verschränkt und starrt auf den offenbar faszinierenden Teppich. Wenn ein Mädchen im Raum ist, das er mag, wird er zusehends verstörter, bis er plötzlich aufspringt und murmelt: »Äh, ich muss jetzt gehen«, und unvermittelt den Raum verlässt. In seiner Eile, hinauszukommen, läuft er nicht selten zuerst gegen die Wand.

Nicht sofort erkennbare Eigenschaften Ein echtes Energiebündel. Hat tausenderlei Interessen (tausendundeins, wenn er dich dazunimmt). Ein Spaßvogel (vielleicht). Wenn du einmal das Vertrauen dieses Jungen erworben hast, wirst du mehr und mehr über ihn herausfinden.

Wie du sein Vertrauen erwirbst und ihn eroberst

• Stell ihm ein oder zwei Fragen über sich selbst und zeig ihm, dass du Interesse hast (aber übertreib es nicht und stell nicht zu viele Fragen auf einmal).

• Starte ein Ablenkungsmanöver – nimm zum Beispiel euer Haustier mit ins Zimmer, sodass ihr euch beide darauf konzentrieren und damit spielen könnt (ein Goldfisch ist nicht so geeignet wie ein Hund oder eine Katze). Das gibt ihm die Möglichkeit, aufzutauen und mit dir zu reden, ohne das Gefühl zu haben, dass das Rampenlicht nur auf ihn gerichtet ist.

• Lass im Hintergrund entspannende Musik laufen (auch sanfte Beleuchtung ist gut).

• Besucht ein Museum oder einen Zoo – dort gibt es eine Menge anzusehen, worüber man reden kann. Im Gespräch kannst du dann vorsichtig von den Gorillas zu ihm und dir hinüberlenken.

SCHÜCHTERNER TYP

DER NÄCHSTE SCHÜCHTERNE TYP IST DER HERZBEWEGEND HINREISSENDE TYP. MIT DEM SÜẞEN SCHÜCHTERNEN LÄCHELN

Wirkung des süßen schüchternen Lächelns auf Mädchen Selbst dem Mädchen mit den kräftigsten Beinen werden die Knie butterweich, wenn dieser göttergleiche Junge sie unter seinem Haarvorhang schüchtern anlächelt. Es ist eine umwerfende Kombination (und du hast dich noch nie so bereitwillig umwerfen lassen in deinem Leben): er sieht sensationell aus, hat aber überhaupt nichts Eingebildetes oder übertrieben Selbstbewusstes. Er ist vollkommen natürlich.

Wie du ihn eroberst Lächle zurück (aber lieb, nicht mit breitem Grinsen). Wenn er NICHT reagiert, mach dir nichts daraus. Behalte dein Lächeln jedenfalls bei.

SPEZIES 4

IMMER ZU EINEM SCHERZ AUFGELEGT

DER LUSTIGE TYP

Lebenseinstellung Unernst. Lehnt es ab, sich selbst zu ernst zu nehmen. Sieht dich gerne lächeln. (Du liebst ihn MÄCHTIG, weil er dich zum Lachen bringt, was sehr viel wert ist.)

Besondere Merkmale Ein einnehmendes Lächeln, ein ansteckendes (und manchmal geradezu zweideutiges) Lachen und Augen, die vor guter Laune funkeln und leuchten. Er ist SÜSS, WITZIG und SEXY (unschlagbare Kombination).

Charakteristisches Verhalten Er geht mit dir einkaufen und probiert unmögliche Klamotten/Hüte/Schuhe an, nur damit du lachst. Er tanzt die Straße entlang, sodass die Passanten ihn anstarren, oder er gibt laut eine seiner Tier-Imitationen zum Besten, während ihr im Café sitzt. Es ist peinlich, aber du musst lachen. Keiner nimmt ihm das übel, weil er so SÜSS ist.

Wo man ihn findet Es kann sein, dass ihr zusammen aufgewachsen seid, zusammen gespielt habt, auf die gleiche Grundschule gegangen seid. Er kommt immer noch zum Spielen vorbei und du fühlst dich erleichtert, wenn du mit ihm zusammen bist, denn ihr könnt für eine Weile vergessen, wie alt ihr seid, und euch einfach wie Kinder verhalten. (Auch wenn du EIGENTLICH nichts dagegen hättest, wenn er sich auch mal erwachsener benähme, zum Beispiel dich zu einem HEISSEN Date ausführen würde.) In der Zwischenzeit albert ihr miteinander herum. Wenn du eines Tages mit grün geschminktem Gesicht und einer großen aufblasbaren Mohrrübe unter dem Arm nach Hause kommst und deine Eltern leicht entsetzt sind, brauchst du nur zu sagen: »Ich war bei Tommi.« Sie werden mit den Köpfen nicken und sagen: »Aahja!«, als ob damit alles erklärt wäre.

Wie du ihm näher kommst

- Kitzle ihn. Er wird dich zurückkitzeln (wenn du Glück hast).
- Schlag vor, dass ihr Sardinen in der Büchse spielt (das kann man eigentlich nicht zu zweit spielen, aber es macht Spaß und er ist verrückt genug, sich darauf einzulassen). Du wirst dir nur etwas einfallen lassen müssen, wenn dein Vater euch beide zusammengepfercht im Schrank unter der Spüle findet.

Alle oben genannten Spezies haben eine wichtige Eigenschaft gemeinsam. **Es sind alles unverdorbene, ZUVERLÄSSIGE Menschen** und sie sind eine Bereicherung für dein Leben, sei es als Freunde oder mehr als das (ach, wenn er nur endlich ...).

Richtlinien für den Umgang mit dieser Spezies

- Beurteile diese Spezies nicht irrtümlich als konventionell oder langweilig. Such nach der verborgenen Tiefe. Diese Jungen können so aufregend sein wie die verrückte, schlimme und gefährliche Spezies, wenn du ihnen nur die Chance gibst, ihr wahres Gesicht zu zeigen.
- Vergiss nicht, dass die besten Liebesgeschichten auf langer Freundschaft basieren, und bei dieser Spezies kommt die Freundschaft zuerst.
- Du musst eurer Freundschaft viel Zeit geben, wenn du willst, dass daraus eine Liebesgeschichte wird.

Kapitel 4

HERAUSFORDERNDE/SENSIBLE JUNGS

SPEZIES 1
DER INTELLEKTUELLE TYP »A«
(BRILLANTER KOPF MIT EINEM BRILLANTEN KÖRPER

Wirklich herausragende Eigenschaft Nummer eins Sein Verstand.

Wirklich herausragende Eigenschaft Nummer zwei Sein Körper. (Oder vielleicht umgekehrt?)

Stimme Du bist dir bewusst, dass er mit dir spricht und dass das, was er sagt, wahrscheinlich ebenso interessant wie klug ist. Aber du hast kein Wort mitgekriegt, weil dich sein durchtrainierter Körper ablenkt. Plötzlich merkst du, dass er dir eine Frage stellt: »Was hältst du also von Thomas Manns Zauberberg und welche Beziehung hat der Roman zum modernen Sozialverhalten? Glaubst du, dass er irgendeine Relevanz für uns hat?« Dein Kinn klappt in diesem Moment hinunter und ein Geräusch kommt aus deinem Mund etwa wie: »Äörr?« Dein Gehirn bemüht sich verzweifelt die Bedeutung des Wortes »Relevanz« zu finden, doch in diesem Moment erkennst du erneut, wie unglaublich süß er ist, und deine grauen Zellen klinken sich vollkommen aus.

Besondere Kennzeichen Intellektuelle Anziehungskraft.

Entmutigende Eigenschaft Du fühlst dich in seiner Gegenwart wirklich dumpf im Kopf, fürchtest dich aber ihn zu fragen, wovon er eigentlich redet, weil er denken könnte, dass du schwer von Begriff bist. (Wende hier wieder die Taktik an, dir vorzustellen, wie er ganz normale, alltägliche Dinge tut: frühstückt, ein Bad nimmt – wieder WOW! – oder den Hund ausführt. Er ist nicht einfach nur ein Kopf auf zwei Beinen.) (Wundervollen, wundervollen Beinen.)

Wo du ihn findest In der Bibliothek. Überall, aber gewöhnlich lesend oder mit jemandem über Theorien, geschichtliche Tatsachen oder Philosphie diskutierend. Wenn er trainiert ist, treibt er wahrscheinlich Sport und geht ins Fitnessstudio. Der Typ mit brillantem Hirn auf brillantem Körper hat normalerweise viele Freunde. Er ist eine eindrucksvolle Persönlichkeit und sehr beliebt.

Wie du ihn eroberst Versuch nicht, ihn zu beeindrucken. Wenn du den Lebenszyklus der gemeinen Landkröte zur Hälfte erklärt hast, musst du vielleicht feststellen, dass sein Blick etwas glasig geworden ist. Dafür gibt es drei mögliche Gründe:

- Du störst ihn in seiner Konzentration und es wäre vielleicht besser, ihn in Ruhe zu lassen, damit er weiterarbeiten kann.
- Er interessiert sich nicht für Kröten.
- Er kann sich nicht auf das konzentrieren, was du sagst, weil er hingerissen ist von der sexy Art, wie du die Augen aufschlägst, während du mit ihm sprichst.

Es ist möglich, dass er nicht nach einem intellektuellen Widerpart sucht, mit dem er nächtelang über komplizierte oder schwerwiegende Themen reden kann (das tut er schon mit seinen intellektuellen Freunden). Vielleicht möchte er sich gern hin und wieder von seinen Studien entspannen und mit jemandem, der nett ist, einfach nur Spaß haben. (Du kannst natürlich vorsichtig darauf hinweisen, dass du auch über intellektuelle Begabungen verfügst, aber du musst das nicht übertreiben um ihn zu beeindrucken. Wahrscheinlich akzeptiert und bewundert er dich eher wegen deiner anderen Eigenschaften – Wärme, Humor, Ehrlichkeit – als wegen deiner verblüffend tiefgehenden Kenntnisse über den Lebenszyklus der gemeinen Landkröte.)

DER INTELLEKTUELLE TYP »A«

DER INTELLEKTUELLE TYP "B" (NUR INTELLEKTUELL)

Äußeres Gewöhnlich groß und dünn (er vergisst zu essen, weil er so sehr in seinen Büchern versinkt).

Besondere Kennzeichen Trägt eine Brille, die ihm ständig von der Nase rutscht, sodass er sie wieder hochschieben muss (dies gilt normalerweise als Zeichen von Intelligenz, kann aber auch einfach daran liegen, dass die Brille zu groß ist). Der intellektuelle Typ »B« hat einen ungewöhnlich großen Adamsapfel (der Grund dafür ist unbekannt, es kann aber sein, dass es sich dabei um ein Extrahirn handelt, das sich im Hals befindet).

Wo du ihn findest In der Bibliothek. Fast immer mit der Nase in einem Buch oder vor dem Computer.

Besondere Eigenschaften Er ist völlig ungeschickt. Läuft gern gegen Dinge oder stolpert über sie. Hat sich schon bei einem Stuhl entschuldigt, nachdem er über ihn gefallen war. Er ist normalerweise kein guter Sportler.

Wie du ihn eroberst Man muss auf ihn aufpassen. (Wieder dieser infernalische Mutterinstinkt.) Wenn du ihm Kaffee machst, Kekse bringst und ihm hilfst, seine Brille oder ein spezielles Buch zu finden, das irgendwie verschwunden ist (die meiste Zeit befindet er sich in einem hoffnungslosen Chaos), wird er dich für immer lieben. Das ist natürlich etwas langweilig für dich. Es wird dir vielleicht schwer fallen, ihn von seinen Büchern loszueisen, um mit dir zum Tanzen zu gehen. Aber wenn ihr einmal dort seid, dann sei vorbereitet auf:

Untypisches Verhalten Da er die laute Musik, das grelle Licht und den unaufhörlichen Disko-Beat nicht gewöhnt ist, kann das unerwartete Reaktionen in ihm auslösen. Seine natürlichen Instinkte, auszugehen und sich zu amüsieren, waren bisher unterdrückt und schießen plötzlich an die Oberfläche – und er tanzt die ganze Nacht durch. Er muss seine Brille abnehmen, weil sie beschlägt, und er zieht wahrscheinlich seine Krawatte aus und knöpft sein Hemd auf. Du siehst ihn plötzlich so, wie du ihn noch nie gesehen hast. Lange nachdem du erschöpft auf einen Stuhl gesunken bist, tanzt er immer noch weiter.

Lange nachdem du erschöpft zusammengebrochen bist, tanzt er unaufhaltsam weiter ...

DER INTELLEKTUELLE TYP »B«

SPEZIES 2

DER KÜNSTLERTYP

Erscheinung Er hinterlässt gerne optische Eindrücke und es kann vorkommen, dass er eines Tages mit dicker weißer Schminke im Gesicht und einem goldenen Stern auf der Stirn im Mathematikunterricht auftaucht. Alle finden das interessant, außer Herrn Wildmoser, dem Mathematiklehrer, der ihn denn auch sogleich hinausschickt, damit er sich gründlich wäscht. Der Künstlertyp neigt dazu, mit den eher konformistischen Mitgliedern der Gesellschaft/Schule/Familie aneinander zu geraten. Wenn seinem kreativen Drang auf irgendeine Weise Zügel angelegt werden, so macht ihn dies nur um so entschlossener, ihn auszuleben. (In der nächsten Mathestunde wird er mit einem goldenen Gesicht auftauchen und sein Haar wird dazu passend mit goldener Farbe besprüht sein.) Er genießt gewöhnlich die Sympathie des Kunstlehrers, der sein Talent anerkennt und ihn als leuchtendes Beispiel vor euch andere hinstellt (was manchmal ein bisschen öde sein kann – wird sich dieser Junge je für jemanden interessieren, der künstlerisch so unbegabt ist wie du?).

Wie ist er wirklich? Wenn du auf seinen Charakter Rückschlüsse ziehen willst, betrachte einfach seine Zeichnungen und Gemälde. Du wirst gewaltige schwarze Wirbel, große vielfarbige Kleckse und komplizierte Zeichnungen von allen möglichen Dingen sehen – menschenartigen, vogelartigen, schnecken- und schlangenartigen Wesen, monströsen Gestalten mit Unmengen von Zähnen, Dinge mit merkwürdigen mechanischen Vorrichtungen und Dinge, die man nur als ... Dinge beschreiben kann. Also weißt du jetzt Bescheid. Dies sollte dir tiefe Einblicke in sein Bewusstsein vermitteln. (Es ist zugleich ein wenig Besorgnis erregend.)

Besondere Kennzeichen Lange, schmale Finger, die fortwährend Töpfe aus Ton herstellen, wunderschöne Bilder malen usw. Du wünschst dir, dass er mal damit durch dein Haar fährt, zur Abwechslung.

Charakteristisches Verhalten Er wirkt ziemlich locker, weil er die meisten seiner Gefühle und Frustrationen mit Hilfe seiner Kunst verarbeitet, in der er vollkommen aufgeht: er verbringt Stunden und Stunden im Kunstsaal oder in seinem Zimmer und arbeitet. Gewöhnlich ist er freundlich, kann aber manchmal schlecht gelaunt sein, weil ihm etwas, an dem er gerade arbeitet, nicht nach seinen Vorstellungen gelingt.

Der falsche Moment, um sich ihm zu nähern Schleiche dich nicht von hinten an, wenn er gerade in eine komplizierte Zeichnung vertieft ist, und rufe ihm nicht plötzlich ins Ohr: »WOW! DAS IST JA FANTASTISCH!« Er wird sonst zu Tode erschrecken und aus Versehen einen großen schwarzen Strich durch sein Bild machen. »Jetzt schau, was du angerichtet hast!«, ist vielleicht das Erste und Letzte, was er je zu dir sagen wird. Geh auch nicht zu ihm, wenn das Bild, an dem er stundenlang gearbeitet hat, furchtbar misslungen ist.

Der richtige Moment, um ihn anzusprechen Wenn er zurücktritt von seinem Werk und es offenbar zufrieden betrachtet. JETZT kannst du sagen: »Wow! Das ist ja fantastisch!« und ihn fragen, ob er dir noch mehr von seiner Arbeit zeigen kann. Er wird das in den meisten Fällen sehr gern tun. Wenn er etwas Besonderes für dich zeichnet und es dir schenkt, dann kannst du sicher sein, dass er dich mag (und du kannst es für immer als Schatz bewahren, es unter dein Kopfkissen legen usw. usw.).

Wie du ihn eroberst Indem du seine Bilder originell interpretierst. Aber es kann vollkommen daneben gehen, wenn du sagst, dass sein Gemälde all das Mitleid erregende im Leben eines Hundes zeigt, der offenbar entsetzlich unter einem grausamen Besitzer leiden musste, und dass der bloße Anblick des Bildes dir die Tränen in die Augen treibt, so kraftvoll ist es usw. usw. Er erklärt dir daraufhin möglicherweise, dass es sich bei dem Bild um das Porträt seines Hasen Hansi handelt, dem es sehr gut geht. Es ist wahrscheinlich besser, sich an diesem Punkt zurückzuziehen, statt die Sache noch durch Entschuldigungen zu verschlimmern. Sag zum Beispiel nicht, dass du längst zu einem Sehtest müsstest oder dass Hunde und Hasen sich doch ziemlich ähnlich sähen usw.

SPEZIES 3 DAS POLITISCHE TIER

Besondere Kennzeichen Tierisch-politische Anziehungskraft.

Wo du ihn findest Auf Schülerversammlungen und bei öffentlichen Diskussionsveranstaltungen. Man sieht ihn oft auf Gängen debattieren und wild gestikulieren, desgleichen im Pausenhof, in Diskos oder Cafés. Er gehört zu den sichtbareren Spezies.

Charakteristisches Verhalten Er debattiert hitzig, wobei er sich für eine Veränderung des Schulsystems einsetzt (oder für eine Veränderung der Politik im Land, der Welt, des Universums ...). Er hört dir gern zu, wenn du über irgendein Problem klagst, das du vielleicht hast (z. B. dass die Schließfächer in der Schule zu klein sind), und streitet dann für deine Sache. Er LIEBT es, zu streiten. Mehr noch liebt er, einen Streit zu GEWINNEN und zu sehen, dass Veränderungen vorgenommen werden, die dir (der Welt oder dem Universum) helfen. Er ist dein HELD.

Besondere Eigenschaften des politischen Tiers Typ »A« (konservativer Typus) Er hat Charme (haufenweise), Selbstbewusstsein (eine Menge), Charisma (nein, das ist kein Rasierwasser) (na ja, vielleicht doch), sein Gesicht drückt Betroffenheit oder Engagement aus und er trägt immer ein Clipboard bei sich. Er hat ein entwaffnendes Lächeln (was eine seltsame Wirkung auf deine Beine, deine Arme und alles andere ausübt).

Vorsicht, wenn dieser Typ auf dich zukommt (Sie machen sich ständig mit ihrem Clipboard an dich heran) Er kann gefährlich sein (am Ende hast du nur seinem Ego geschmeichelt, das bereits übermäßig aufgeblasen ist). Versuch geistig unabhängig zu bleiben, auch wenn es dein Körper eher nicht sein will.

Besondere Eigenschaften des politischen Tiers Typ »B« – der Weltverbesserer (Vertritt die Elenden, die Unterdrückten ... dich?) Sein leidenschaftlicher Wille, die Welt zu verändern, wirken inspirierend und reißen dich einfach mit.

Wie du ihn eroberst Überleg dir ein Problem und gewinne sein Interesse dafür. Engagiere dich für seine Sache.

Vorsicht, wenn dieser Typ auf dich zukommt Er kann dich in ernsthafte Schwierigkeiten bringen. Du machst sonderbare Dinge, du kettest dich z. B. am Schulgeländer an (das ist kein Problem, solange dich ein gut aussehender Feuerwehrmann rettet, aber weniger schön, wenn ein übel gelaunter, meckernder Hausmeister dich losmacht und du anschließend von der Schule fliegst).

ACHTUNG

Diese Spezies ist möglicherweise nicht ganz ehrlich. Er nimmt dich vielleicht nicht ernst, sodass du am Ende in allen denkbar dummen Situationen steckst wegen jemandem, der nicht wirklich an dir interessiert ist.

SPEZIES 4
DER
POET

Äußeres Blass und interessant. Manchmal auch blass und uninteressant. Dünn (Es gibt nicht viele dicke junge Poeten. Poeten neigen dazu, an Gewicht zuzulegen, wenn sie älter werden).

FINDE DEN POETEN

Wo du ihn findest In klaren Nächten draußen beim Betrachten der Sterne. (Überrede eine Freundin, mit dir nachts auf Poetensuche zu gehen.)

Ernährungsweise Verliert den Appetit, wenn er von starken Gefühlen erfasst wird.

Stimme Überschlägt sich vor Gefühlen. (Oder überschlägt sich einfach so.)

Charakteristisches Verhalten Allein und bleich herumhängend (es gibt Länder, in denen man dafür bestraft werden kann). Schwermütig. Hang zu süßen romantischen Gesten (wenn er bei guter Laune ist).

Aktivste Zeit des Jahres Valentinstag.

Typische erste Begegnung mit einem Poeten Jemand stupst dich an und reicht dir einen sorgfältig zusammengefalteten Zettel. »Es ist von ihm!«, flüstert sie oder er und deutet auf einen Jungen in der Ecke (dessen Name Wendelin oder Lucien oder Tristan sein kann oder, etwas ungewöhnlicher, Paul). Du entfaltest den Zettel und siehst, dass ein Liebesgedicht daraufsteht. Du bist verlegen, aber erfreut und dir wird wahrscheinlich ganz heiß. Der Dichter ist vermutlich auch verlegen und erfreut (und ziemlich erhitzt), da er seine wahren Gefühle preisgibt und Gefahr läuft, dass du oder jemand anderer sich über ihn lustig macht. (Insbesondere Macker finden Poesie unmännlich, etwa so machomäßig wie Balletttanzen oder Eiskunstlauf.)

Wie du ihn eroberst Sag ihm, dass du furchtbar gern nachts die Sterne anschaust. Vielleicht könnt ihr sie zusammen betrachten. Erzähl ihm von einem wunderschönen abgelegenen Ort, den du kennst und wo man wandern kann. Poeten lieben schöne abgelegene Orte, wo man wandern oder auch nur einfach verweilen und schauen kann, besonders wenn es dramatische Aussichten gibt (zumindest wird das Erklettern all der Bergeshöhen für dich ein tolles Training sein).

Eine gewisse Vorsicht ist angeraten, wenn du dich einem Poeten näherst Du wirst vielleicht merken, dass die meisten seiner Gedichte von ihm selbst handeln. Er neigt zur Selbstbesessenheit und stellt seine Gefühle gerne in den Vordergrund, aber wenigstens versucht er aufrichtig zu sein. Und keiner kann sagen, dass seine Gefühle für dich nicht echt sind.

EIN LIEBESGEDICHT

Dieses Gedicht ist für dich.
Du bist
Der Stern
Der in das Dunkel
Meiner verwirrten Seele
Scheint
Wie die Sonne
Nach einem Regentag.
Ich schreibe das,
Weil ich dich mag.

Es ist wahnsinnig schmeichelhaft, ein Liebesgedicht zu bekommen, das speziell für dich geschrieben wurde. Selbst wenn du nicht so sicher bist, was du diesem Jungen gegenüber empfindest, bist du so hin und weg von diesem Annäherungsversuch, dass du einen Drang verspürst, selbst ein paar ausdrucksvolle Zeilen zurückzuschreiben:

Ich scheine für dich,
doch liebst du mich
auch sicherlich?
Ich weiß es nich.
Mein Herz klopft bange,
aber wie lange?
Sehen wir uns bald?
Im Café oder Wald?
(Hoffentlich.)

Vielleicht zerreißt du dein Gedicht am Ende in kleine Stücke und stopfst sie in den Papierkorb, bevor irgendjemand es sehen kann. Wenn du es dem Poeten aber zeigst, dann sei dir sicher, dass die Gefühle, die du ausdrückst, echt sind. Denn sonst verletzt du schließlich die Gefühle des Poeten oder wirst selbst verletzt (oder einfach verwirrt). Der Poet ist ein verwundbares Wesen. Pflege diese Freundschaft. (Er ist eine exzellente Anlaufstelle, wenn du Hilfe bei deinen Deutsch-Hausaufgaben brauchst.)

SPEZIES 5 DER GRÜNE

Haltung Betroffen. Kümmert sich um die Umwelt. Hat sich selbst zum obersten Beschützer aller kleinen, pelzigen oder grünen Dinge ernannt (oder aller großen, nichtpelzigen und grünen Dinge, wie zum Beispiel dem Regenwald).

Besondere Kennzeichen Alles, was er besitzt, ist recycelt. Er benutzt nur recyceltes Papier (inklusive recyceltem Klopapier), recycelte Briefumschläge, recycelte Papiersäcke, in denen er seine ganzen recycelten Dinge herumschleppt. Er trägt weite Sweatshirts, gewöhnlich in grünen, orangen oder braunen Farbtönen, die an den Bündchen und Ellbogen ausgefranst bzw. durchgescheuert sind.

Wo du ihn findest Im Wertstoffhof. Du findest ihn auch in seinem Zimmer, wo die gesamte Wandfläche mit Greenpeace- und Tierschutzplakaten und Zeitungsartikeln bedeckt ist. Es fehlen die gewöhnlichen Jungssachen wie Mädchenposters, Fußballutensilien usw.

Charakteristisches Verhalten Er ist ein Aktivist und nimmt an Protestmärschen und Demonstrationen für die Rechte der Tiere und andere Umweltanliegen teil.

DER GRÜNE

Wie du ihn eroberst Zusammengedrängt mit einer Gruppe von Aktivisten, die im Nieselregen unter einer alten Eiche Schutz suchen, knöcheltief im Matsch, um gegen den Bau einer neuen Straße zu protestieren. Das ist schön, wenn du ähnlich leidenschaftlich über diese Dinge denkst wie er. Sein unendliches Engagement und seine Liebe für alles Lebendige sind ohne Zweifel attraktiv (du wünschst, dass sie sich auch auf dich ausdehnen). Doch gleichgültig, wie entschlossen du bist, ihm ganz nahe zu sein, wirst du möglicherweise darauf verzichten, mit ihm auf den obersten Ast der alten Eiche zu klettern, um dort die nächsten drei Tage zu verbringen.

Ein kleines bisschen Vorsicht ist ratsam, wenn du dich dem Grünen näherst Du bewunderst seine engagierte Haltung, aber er neigt dazu, immer (und immer und immer wieder) auf einem bestimmten Thema herumzureiten, das ihm wirklich am Herzen liegt – und es besteht die Möglichkeit, dass er besessen oder auch langweilig wird. Außerdem wirst du sicherlich enttäuscht, wenn du erwartest, dass er dein neues Parfum oder Make-up bewundern wird. »Ich hoffe nur, es wurde nicht an Tieren getestet«, dürfte seine wahrscheinlichste Reaktion sein.
»Natürlich nicht«, antwortest du, »es steht auf der Packung, dass es nicht an Tieren getestet wurde.«

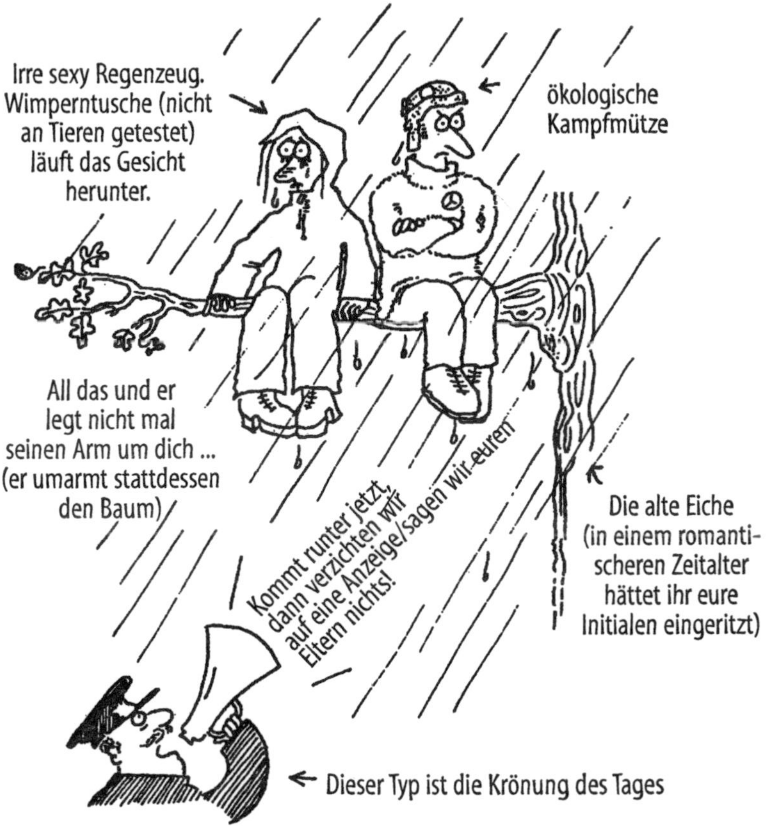

»DIE PACKUNG? Ist dir klar, wie viel Hektar Regenwald für die Verpackung von deinem blöden Parfüm/Lippenstift/Lidschatten gefällt werden müssen?«
Und so weiter.

SPEZIES 6 NEW-AGE-JUNGE

Alternativer Name Merlin. (Er wurde eigentlich auf den Namen Stefan getauft, aber er hat sich in Merlin umbenannt.)

Ernährungsweise Fast immer vegetarisch. Es kann sein, dass er makrobiotisch lebt, was ein genaues Gleichgewicht zwischen Linsen und Tofu und verschiedenen Gemüsesorten voraussetzt, die du sicher nicht kennst. Nachdem du einen Tag mit ihm verbracht hast, fühlst du dich ausgehungert und verschlingst heimlich eine Tafel Schokolade, wenn er das Zimmer verlässt.

Der New-Age-Junge nimmt die Dinge ernst (insbesondere beim Kochen)

Äußeres Trägt locker sitzende Kleidung aus Naturfasern in dunklen braunen und grünen Farbtönen. Sie erlaubt ihm die nötige Bewegungsfreiheit, wenn er fortgeschrittene Yogapositionen einnimmt (oder sie erlaubt ihm schlicht, frei zu leben und zu atmen und sich anmutig zu bewegen. Du ZERSCHMILZT einfach, wenn du seine Bewegungen siehst ...).

Natürlicher Lebensraum Der Boden in seinem Zimmer ist mit großen Kissen bedeckt. In den Regalen stehen Porzellanbuddhas und an den Wänden hängen Poster mit mystischen und magischen Motiven. Vielleicht hat er aus Tüchern oder indisch gemusterten Decken eine Art Himmel über sein Bett gehängt, das wahrscheinlich aus einem Futon besteht.

Besondere Kennzeichen Er trägt Talismane (Talismänner?) (Talisfrauen?) und magische Kristalle mit Heilkraft um den Hals sowie eine Menge sexy Lederbänder um Hals, Hand- und Fußgelenke. Er geht die meiste Zeit barfuß, um innigeren Kontakt mit der lebendigen, atmenden Erde zu haben.

Charakteristisches Verhalten Er hat ziemlich viel Kontakt mit seinem inneren Selbst und du möchtest WIRKLICH auch gern in Kontakt damit kommen. Das ist möglicherweise gar nicht so schwer, da er von Natur aus ein einfühlsames Wesen ist. Das heißt, er weiß, was du fühlst, ohne dass du etwas sagen musst. Das kann, ins Extrem getrieben, recht beunruhigend sein. Du siehst ihn einfach nur an und er sagt: »Ach, Probleme zu Hause! Machen dir die Eltern das Leben schwer?« Der Drang, sich an seiner Schulter auszuweinen, ist enorm. Da er ein fürsorgender und mitfühlender Typ ist, würde ihm das wahrscheinlich nichts ausmachen (aber tu es nicht zu oft – selbst der neueste New-Age-Junge zieht die Gesellschaft eines eher *fröhlichen* New-Age-Mädchens vor).

Wie du ihn eroberst Wenn du seinen Mut, anders zu sein, bewunderst, dann verbeiße dir ein Lachen, wenn er eines Tages in einem langen orangen Kaftan oder etwas ähnlich Bizarrem auftaucht. Er ist manchmal eine sehr ernste und sensible Seele und du kannst ihn leicht verstören. In Wirklichkeit hat er vielleicht gar nicht so viel Selbstvertrauen und es wäre ausgesprochen rücksichtslos, ihn verlegen zu machen. Es wäre eine Tragödie, wenn er diese wunderbare Freiheit und Anmut der Bewegung verlöre (die so SEXYYY ist ...). Du kannst ihn fragen, ob er dir Yoga beibringt, oder sogar so tun, als ob du an einer leichten Verletzung oder einer anhaltenden Nacken- und Schulterverspannung leidest, da er Entspannungsmethoden perfekt beherrscht. Wahrscheinlich kennt er alle natürlichen Behandlungsarten und Therapien auswendig, darunter die Heilkraft der Massage (was heißt, dass er dich BERÜHREN muss). (Ja, er hat wirklich MAGISCHE Heilkräfte! Du fühlst dich gleich SO VIEL BESSER. Denk daran, dass es dir nicht zu schnell wieder gut geht, sonst hört er mit der Behandlung auf.)

SPEZIES 7
DER SCHAUSPIELER

Äußeres Dieser Typ verwandelt sich gern, je nachdem, welche Rolle er gerade spielt. Er kann mit einem langen stachligen Bart auftauchen, als König Lear, oder er kommt als Baum verkleidet (das hängt davon ab, wie gut er als Schauspieler und wie groß die Rolle ist, die man ihm gegeben hat).

Was du einem Schauspieler nicht sagen solltest

- »Hast du eine große Rolle?« (Du kannst das natürlich fragen, aber es besteht die Möglichkeit, dass er sich NICHT gerade vor Lachen kringelt.) (Auch wenn du es tust.)
- »Macbeth.« Die Erwähnung dieses speziellen Shakespeare-Stücks bringt, so wird gesagt, Schauspielern Unglück.

Zwei Schauspieler-Typen:

- Der erste Typ ist ein ruhiger, sensibler, fast scheuer Junge, der sich auf der Bühne völlig verändert. Er lässt seine Person vollkommen los und stürzt sich in jede Rolle, die er spielt, und gibt dann allen möglichen Gefühlen Ausdruck, mit denen er jenseits der Bühne nicht so gut zurechtkommt.
- Der zweite Typ ist im täglichen Leben genauso laut und lebhaft und strahlend wie auf der Bühne (der Schauspieler ist eine merkwürdige Mischung, zu der Elemente des Angebers, des Poeten, des Romantikers und des Intellektuellen ebenso gehören wie eine ganz spezielle Begabung, die nur er hat. Wir reden hier über den Schauspieler, der König Lear spielt, nicht den, der als Baum verkleidet ist).

Wie du ihn eroberst

- Besorg dir eine Rolle (am besten die weibliche Hauptrolle) in einem Stück, von dem du weißt, dass er es sich ansehen wird, oder noch besser: in dem er selbst mitspielt. Ideal wäre es natürlich, wenn du die Julia und er den Romeo spielen würde. (SEUFZ!) Leider ist das Schicksal selten so wohlgesinnt. Du wirst wahrscheinlich die Rolle des Baumes bekommen und er wird nicht einmal merken, dass du existierst. Es kann bestenfalls passieren, dass er sich an dem Baum festklammert, während er einen herzzerreißenden Monolog spricht.
- Wenn deine schauspielerischen Fähigkeiten begrenzt sind (du fühlst dich mächtig überfordert), kannst du natürlich auch hinter der Bühne arbeiten. Du kannst anbieten, ihn zu schminken

(aber sei sicher, dass du es auch kannst – er wird verständlicherweise wütend, wenn ihm sein Bart mitten in König Lear vom Kinn fällt).

- Sag ihm, wie sehr dir das Stück gefallen hat und wie gut du ihn gefunden hast. Er wird sich freuen, selbst wenn er errötet (der stille Schauspielertyp ist gewöhnlich ein bescheidener Kerl, sodass du es keineswegs übertreiben und nach einem Autogramm fragen musst. Der extravertierte und lebhafte Typ liebt es, wenn ihm geschmeichelt wird – also brauchst du dir hier keine Zurückhaltung aufzuerlegen).
- Biete ihm Limonade (oder Wasser) an, wenn er von der Bühne kommt (Schauspielerei macht durstig, insbesondere wenn man im Scheinwerferlicht steht).
- Wenn er zu den extravertierten Schauspielern gehört, zieh deine auffallendsten, wenn möglich grellen Klamotten an, benutze ein dramatisches (aber attraktives) Make-up, sodass du aus der Menge hervorstichst. Aussehen bedeutet ihm viel und je dramatischer oder ungewöhnlicher, umso besser.

Ein warnendes Wort zum Schauspieler Er kann dich mit einer wundervollen Rede in einem Stück zu Tränen bewegen. Noch bewegender ist die wundervolle Rede, in der er dir gesteht, dass er dich liebt. Aber weißt du, wann er schauspielert und wann nicht? Oder genauer, weiß ER, wann er schauspielert und wann nicht? Und spielt das eine Rolle? Wenn er toll ist und umwerfend gut aussieht und vor dir auf die Knie fällt, seine Liebe mit den schönsten Worten erklärt, wirst du das dann in Frage stellen wollen? NEIN. Unwahrscheinlich. Er hat die Fähigkeit, das Leben aufregend, vergnüglich und romantisch zu machen, wie in einem Theaterstück. Also lass das Stück weiterlaufen! Selbst wenn er dich am Ende enttäuscht, wirst du vielleicht feststellen, dass es das wert war. Sein Nachfolger wird es schwer haben ...

Alle der oben genannten Spezies haben eines gemeinsam: **sie denken und fühlen tief** (du hättest am liebsten, dass sie an DICH denken).

Richtlinien für den Umgang mit dieser Spezies

- Halte dich zurück und versuch die jeweiligen Vertreter der Spezies zu verstehen, bevor du etwas unternimmst. Pirsche dich erst einmal nur heran und beobachte sie eine Weile, um eine genauere Vorstellung von ihren höchst individuellen Verhaltensmustern zu bekommen.
- Diese Spezies reagiert meist nur auf vorsichtige Annäherungsversuche. Eine grobe Direktheit wird dir hier eher schaden.
- Jungs dieser Spezies sind gute Freunde, wenn auch nicht so zuverlässig wie die der Kategorie »Brave Jungs«.

Kapitel 5

SPORTFREAKS. MEIN GOTT, IST DER FIT!!

SPEZIES 1 DER SCHULSPORT-HELD

Charakteristisches Verhalten Er rettet regelmäßig seine Mannschaft bei sportlichen Wettkämpfen oder Ballspielen, schießt das entscheidende Tor oder macht, unter dem Lärm wild anfeuernder Rufe und stürmischem Beifall, den entscheidenden Punkt. Wenn er stürzt oder sich verletzt, schreien alle Mädchen auf und man muss sie gewaltsam daran hindern, an den Spielfeldrand zu laufen, um seinen Kopf im Schoß zu wiegen und seine heroische, männliche Stirn trocken zu tupfen und, ähm ... sagen wir einfach, du bist verrückt nach ihm (und diesen Zustand teilst du mit allen anderen Mädchen).

Äußeres Ein absolut sexy Mann. Umwerfend. Zum Sterben. Großartiger Bizeps. Er ist in der Regel modisch gekleidet. Wenn alles gut geht und du ihn kriegst, wirst du auf seinen Körper stolz sein.

Hinteransicht Fabelhaft, besonders in Shorts.

Nachteil Er ist so in sein Training und in Wettkämpfe eingebunden, dass er kaum Zeit für Freunde hat.

Wie du ihn eroberst

- Informiere dich über die Sportart, die er betreibt. Kenn dich mit allen Fakten und Sportlern aus.
- Frag ihn, wie er es schafft, immer die Rennen zu gewinnen oder den Ball zu bekommen oder ein Tor zu schießen und ob er ein paar Tipps für dich hat oder dir technisch Rat geben kann. (Es ist hilfreich, wenn du nicht wie eine absolute Stubenhockerin aussiehst und dich auch so bewegst, sondern aktives Interesse am Sport hast.)
- Sieh dir die Mädchentypen an, mit denen Berufssportler aus seiner Sportart zusammen sind. Du kannst ihren Stil kopieren.

HELD DES SCHULSPORTS

SPEZIES 2 DER ALLROUND-SPORTLER

Hauptmerkmal Er spielt jeden Sport, den es unter der Sonne gibt (auch im Regen). Äußerst wettbewerbsorientiert. Bricht gern seinen persönlichen Rekord und geht gern über die Schmerzgrenze.

Wie du ihn eroberst Besuch alle Sportereignisse, an denen er teilnimmt. Trag irgendetwas Auffallendes, einen pinkfarbenen Schal, einen Strohhut oder so etwas. Erweck den Eindruck, als wärst du in-

tensiv damit beschäftigt, Ergebnisse in Listen einzutragen. Such mindestens drei Monate lang keinen Augenkontakt mit ihm.
Lade ihn zu einer Cola ein, um mit dir seinen letzten Triumph/Sieg zu feiern.

Wahrscheinliche Reaktion »Ich kann nicht. Die Kohlensäure im Cola füllt meinen Bauch mit zu viel Luft, sodass ich nicht mehr richtig im Wasser liege und gut schwimmen kann/Ich nehme mindestens drei Stunden vor einem Wettkampf nichts mehr zu mir/Ich kann mich nicht hinsetzen, weil ich sonst einen Muskelkrampf im Bein bekomme/Ich bin zu nervös wegen des Wettkampfs, als dass ich an Essen oder Trinken denken könnte.«

Der perfekte Allround-Sportler

FIT! MEIN GOTT, IST DER FIT!!!

Du kannst ihn jagen – aber du wirst ihn vermutlich nicht einholen.
Stattdessen wirst du völlig außer Puste und zum Umfallen müde sein.
Und dann lässt er sich fallen …

Ein anderer Versuch

»Kann ich dir irgendwie bei der Vorbereitung auf das Match helfen?«
»Ja. Du kannst helfen, meine Psyche aufzubauen.«
»Ähm, ich weiß nicht. Meine Mutter hat mir gesagt ...«
»Nein, nein. Ich meine, du musst einfach nur die ganze Zeit zu mir sagen, dass ICH ES SCHAFFE!«
»Ach so, okay. Du schaffst es.«
»ICH SCHAFFE ES!«
»DU SCHAFFST ES!«
(Mach eine halbe Stunde so weiter.)

Wie du noch versuchen kannst, ihn zu erobern Biete ihm an, ihn zu stoppen, bei welcher Sportdisziplin er auch immer teilnimmt. Wenn er genug davon hat, seinen eigenen Rekord zu brechen, bitte ihn, für dich die Zeit zu nehmen (wie lange du brauchst, eine Cola zu trinken oder dergleichen).

SPEZIES 2 DER SPORT-FANATIKER

Der Sinn seiner gesamten Existenz ist Sport. Lebt Sport, isst Sport, atmet Sport.

Charakteristisches Verhalten Er trainiert im Fitnesscenter und übt viele verschiedene Sportarten aus. Wenn er nicht gerade selbst im Einsatz ist, verbringt er seine Zeit damit, Sport im Fernsehen oder auf Video anzuschauen, mit seinen Kameraden, die genauso besessen sind, über Sport zu reden, die Sportseiten in der Zeitung zu lesen und die Sportmeldungen auf der Rückseite von Zeitungen anderer Leute zu lesen.

Lieblingsmusik Fußballhymnen, ein Zusammenschnitt aller Musikclips, die auf Sportkanälen ausgestrahlt werden, sowie die unvergesslichen Schlager der deutschen Nationalmannschaften.

Einzigartige Fähigkeit Er kann sich ein und dieselbe Aktion immer wieder im Fernsehen anschauen ohne sich im Geringsten dabei zu langweilen (bis es zur Wieder-Wieder-Wieder-Wieder-Wieder-Wiederholung wird).

Gefühlszustand Labil. Er ist entweder himmelhoch jauchzend, wenn seine Mannschaft gewinnt, oder zu Tode betrübt, wenn sie verliert. Es macht keinen Spaß, mit ihm zusammen zu sein, wenn er zu Tode betrübt ist (es sei denn, es macht dir Spaß, zu Tode Betrübte zu trösten).

Essen und Trinken Energiereiche Kost und Energydrinks, die viel Glukose enthalten (stell dich darauf ein, wenn er dich zum Essen einlädt).

Wo du ihn findest (I) Zu Hause (II) Draußen

ZU HAUSE Sein Zimmer ist mit Sporttrophäen, gerahmten Fotos, Bändern, Rosetten, Wimpeln und Erinnerungsstücken (Medaillen, scheußlichen kleinen Löffeln und so weiter) geschmückt. Sein Bettbezug trägt die Farben und das Emblem seines Lieblingsvereins und neben seinem Bett stapeln sich Sportmagazine. Für den Fall, dass er darin nicht mehr schmökern möchte, stehen Heimtrainer und Expander bereit (du hast dich oft gefragt, ob sie auch für dich taugen, aber wahrscheinlich nicht so, wie du es dir vorgestellt hast).

DRAUSSEN Er hält sich gewöhnlich im örtlichen Freizeitzentrum/Sportzentrum/Fußballverein/Eishockeyverein/Tennisverein usw. auf.

Wie du ihn eroberst

- Besorg dir zwei Eintrittskarten für eine Sportveranstaltung, für die er sich sehr interessiert.
- Du kannst ihm mit einem Sportmagazin zuwinken und ihn auf einen »besonders interessanten Artikel« darin aufmerksam machen. (Was du eigentlich sagen willst, ist natürlich, dass DU ein

Am Boden zerstört

Überglücklich

Er wird dich umarmen und küssen; vorher hat er kein Interesse an dir gezeigt

besonders interessanter Artikel bist.) Er wird sich auf das Magazin stürzen und es verschlingen. Leider wird er sich nicht automatisch auch auf dich stürzen und dich verschlingen.

• Trag einen Schal, der zeigt, dass du seine Lieblingsmannschaft unterstützt.

SPEZIES 2
DER MÖCHTEGERN-SPORTLER
(ABER ER SIEHT TOLL AUS – ALSO WAS SOLL'S?)

Besondere Kennzeichen Halte Ausschau nach den großen Sportkleidungs-Labels – Nike, Adidas, Puma, Ellesse, Reebok und so weiter.

Äußeres Könnte dem Schaufenster eines Sportgeschäfts entsprungen sein. Seine Kleidung ist nicht nur weiß. Sie ist strahlend überirdisch weiß. Sie lässt nicht die geringsten Spuren von Schmutz erkennen, kein winziges Grasfleckchen.

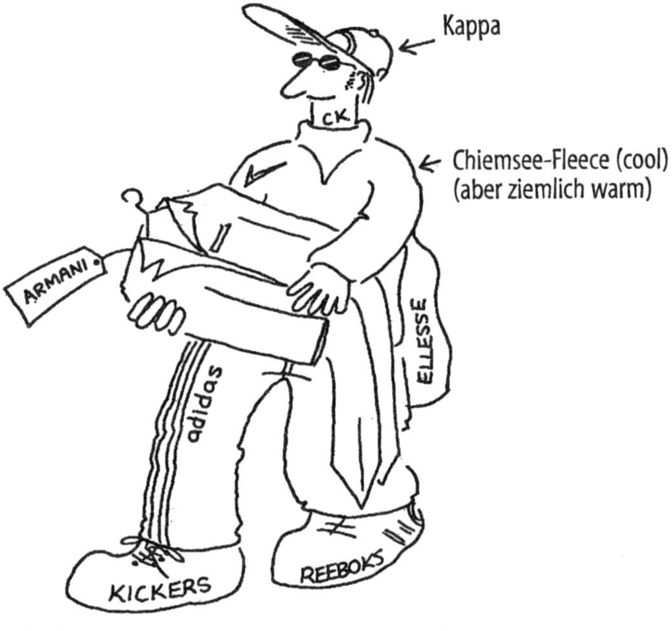

Typisches Verhalten Er wirkt wie der vollkommene Allround-Sportler, aber wenn er oben an der Treppe ankommt, ist er völlig außer Atem.

Wenig bekannte Tatsache Der aktive Sport macht ihm eigentlich keinen Spaß. (Darf man nicht laut sagen.)

Bekannte Tatsache Er ist gern mit der Sportlerclique zusammen und sonnt sich in ihrem Glanz.

Wie du ihn eroberst

- Schlag einen Einkaufsbummel vor oder irgendetwas, sodass ihr in die Stadt fahren könnt und er seine coolen Klamotten zeigen kann, und geht in ein paar Sportgeschäfte, um ihm noch mehr zu besorgen.
- Trag selbst Sportkleidung (ein kurzer Tennisrock kann seinen Blick auf sich ziehen, aber geh mit den Spitzenhöschen nicht zu weit). Er möchte mit einem coolen Sportgirl gesehen werden, das die richtige Kleidung trägt (es ist lustig, Teil seiner Show zu sein).

Attraktive Eigenschaften des Möchtegernsportlers

- Er sieht in seiner Kleidung wie ein cooler sportlicher Typ aus.
- Weil er keinen tatsächlichen Sport treibt, schwitzt er auch nicht. Stattdessen riecht er nach seinem Lieblingsrasierwasser.
- Er hat jede Menge Zeit für dich, weil er nicht ununterbrochen trainiert oder an Wettkämpfen teilnimmt.

Alle oben genannten Spezies, außer einer (rate mal welche – es gibt keinen Preis für die richtige Antwort) teilen ein gemeinsames Merkmal: **Sie sind alle irrsinnig ... FIT!**

Richtlinien für den Umgang mit dieser Spezies

- Versuch selbst fit zu sein oder es zu werden.
- Kenn dich sehr gut mit seinem Sport (seinen Sportarten) aus.
- Erwarte von ihm nicht, dass er dich versteht und tröstet. Er hat nicht viel Zeit zum Reden. (Du kannst immer noch Sportreporterin werden und mit dem Mikrofon in der Hand neben ihm herrennen.)

Kapitel 6

LANGWEILIGE JUNGS UND NERVENSÄGEN

(JUNGS, DIE DU ERKENNEN MUSST, UM SIE UNTER ALLEN UMSTÄNDEN ZU MEIDEN!!)

SPEZIES 1

DER VON SICH SELBST BESESSENE/ BERAUSCHTE

EGO

EGO

EGO

Äußeres Faszinierend. Zutiefst interessant. Hinreißend gut aussehend. Das denkt jedenfalls ER immer, wenn er in den Spiegel schaut.

Einzigartige Fähigkeit Drei Stunden lang ununterbrochen über sich selbst zu reden ohne Luft zu holen.

Noch eine einzigartige Fähigkeit Er langweilt dich, sodass du vor Müdigkeit kaum mehr stehen kannst (dein Hirn schaltet ab und wird erst wieder aktiv, wenn du es brauchst – etwa wenn dieser Junge aufhört über sich selbst zu reden).

Wo du ihn findest In deinen Träumen (oder Albträumen), wo er immer noch über sich faselt.

SPEZIES 2
DER
ALLESWISSER
– MUSS UNBEDINGT IMPONIEREN!

Besondere Kennzeichen Ein GROSSER Kopf (sein Kopf sitzt wie ein großer Pickel auf seinen Schultern. Aber das äußere Erscheinungsbild kann irreführend sein. Sein Kopf ist GROSS – auch wenn sein Hirn klein ist).

Es gibt verschiedene Typen von Alleswissern:

TYP »A«
ALLESWISSER
IM KLASSENZIMMER

Charakteristisches Verhalten Wenn der Lehrer eine Frage stellt und du eine falsche Antwort gibst (und er die richtige weiß, weil er die ganze Nacht gepaukt hat), schlägt er die Hand vor die Stirn und stöhnt laut, damit jeder weiß, dass du blöd bist. Was für ein reizender Kerl er doch ist. Er lässt keine Gelegenheit ungenutzt, um seine Klugheit und sein Wissen zur Schau zu stellen.

DER ALLESWISSER IM KLASSENZIMMER

TYP »B«
(SEXUELLER ALLESWISSER)

Charakteristisches Verhalten Er gibt gern vor allen an, mit wie viel Mädchen er schon etwas gehabt hat. Komischerweise sieht man ihn aber nie mit einem Mädchen zusammen. Die Mädchen, von denen er redet, müssen unsichtbar sein.

TYP »C«
(WEISS JEDE EINZELHEIT ÜBER POP-MUSIK UND SPORT)

Begegne ihm mit Vorsicht Frag ihn unter KEINEN UMSTÄNDEN, welche Gruppe ein bestimmtes Lied aufgenommen oder wer wann was gewonnen hat. Er wird deine Frage derart ins Einzelne gehend und in solcher Länge beantworten, dass es dir SEHR Leid tun wird, dass du gefragt hast (und wahrscheinlich verpasst du den letzten Bus nach Hause).

TYP »D« (DER SOZIALE ALLESWISSER)

Besondere Kennzeichen Er wirft zwanghaft mit Namen um sich. Er kennt jeden, der einen Namen hat (komisch, dass sie IHN anscheinend nicht kennen), und es gibt keinen Ort auf der Welt, wo er nicht schon war. Es ist unmöglich, ihn beeindrucken oder ihm irgendetwas erzählen zu wollen, weil er schon da war oder es schon getan hat. Er zeigt ganz offen, dass du ihn langweilst, gleichzeitig erwartet er von dir, dass du beeindruckt bist von IHM. Er ist ein ziemlich uncooler Depp, den du wenig attraktiv findest.

Was einem Alleswisser zu entgegnen ist Sag gar nichts. Gähne mit so weit aufgesperrtem Mund wie nur möglich. Vielleicht versteht er das, vielleicht auch nicht.

MISCHUNG AUS DIVERSEN ALLESWISSER- UND SNOB-TYPEN

SPEZIES 3
JUNGS MIT EINER LEIDENSCHAFT

(NEIN, IHRE LEIDENSCHAFT BIST NICHT DU, SONDERN ES SIND NACHTFALTER/FUSSBALL/ MOTORRADFAHREN/ IHRE MUSIK)

Äußeres Blitzende Augen, rote Wangen, das Haar leicht durcheinander. Ist er verliebt? (In dich?) Nein, er hat einen gemeinen silbergeflügelten Frosch fressenden Mondfalter entdeckt, der in diesem Land sehr selten ist und erst ein einziges Mal zuvor im Universum gesehen wurde, und er ist SEHR AUFGEREGT.

Charakteristisches Verhalten Bei eurem ersten Treffen erzählt er die ganze Zeit über den faszinierenden Lebenszyklus des gemeinen silbergeflügelten Frosch fressenden Mondfalters.

LEIDENSCHAFTLICH SEINER MUSIK HINGEGEBEN (DU KÖNNTEST EBENSO GUT GAR NICHT DA SEIN)

Spezielle Anmerkung über Jungen, die leidenschaftlich ihre eigene Musik ausüben Es wird von dir erwartet, dass du Stunden über Stunden zuhörst, wie sie ihre Musik spielen. Das ist okay, wenn sie wirklich Talent haben, und weniger gut, wenn sie keines haben.

Typische Begegnung mit einem leidenschaftlichen Musiker Er hat gerade eine neue elektrische Gitarre erstanden, die das Allerwichtigste in seinem Leben ist. »Ich werde dieses Baby zum Sprechen und Singen bringen«, erklärt er dir. Junge, Junge, kann der sie zum Sprechen und Singen bringen! Oder? Na ja, ähm, nein, kann er nicht. Er kann sie zum Krächzen bringen und es wie eine liebeskranke Katze wimmern lassen – die Art, über die du am liebsten einen Eimer Wasser schütten würdest.

SPEZIES 4
ANORAKTYP
VOLLTROTTEL
BLÖDMANN

Äußeres Anorak. Bommelmütze. Hemd in die Unterhose gestopft. Socken und Unterhosen haben Löcher, sind aber liebevoll gewaschen und gebügelt (und manchmal gestärkt) von seiner stolzen Mami, die auch seitliche Bügelfalten in seine Hosen bügelt. Es handelt sich dabei IMMER um Hochwasserhosen.

Stimme Nasal. Er scheint immerfort erkältet zu sein. Schnäuzt seine Nase wie eine Trompete in ein riesengroßes Taschentuch von zweifelhaft grauer Farbe.

Coole Hose Hochwasserhose

Charakteristisches Verhalten Er ist immer da, wenn du ihn gerade nicht brauchen kannst.

Coole Mütze Bommelmütze

ANORAKTYP
SUBSPEZIES NR. 1
INTERNET-FREAK
(COMPUTERNARR)

Charakteristisches Verhalten Sitzt und starrt stundenlang auf den Monitor, Tag für Tag (Nacht für Nacht). Wenn er eine seiner seltenen Pausen macht (für ein Mars und eine Tasse Instant-Tee), schwadroniert er über seinen Computer und führt endlose Diskussionen mit anderen Internet-Freaks, vergleicht die Config-Sys und ihre Autoexec-Bats. Es reicht allemal, um dich in den Wahnsinn zu treiben. Er spricht mit dir in einer Sprache, die voll ist von Begriffen wie BIOS, DOS, CPU, RAM, MMX (nicht BMX) und sogar WYSIWIG (Letzteres klingt irgendwie süß, bedeutet aber für dich nicht notwendigerweise etwas). Selbst wenn du die Sprache verstehst, möchtest du sie nicht DIE GANZE ZEIT sprechen.

Besondere Kennzeichen Er ist maßlos in seinen Computer verliebt und ihm vollkommen ergeben (ohne Zweifel geben sie sich gegenseitig »love-bytes« – ha, ha, typischer Witz für den Englisch-Leistungskurs), und es gibt nicht die geringste Chance, dass JEMALS eine Frau sich zwischen ihn und seinen PC drängen kann (ich habe dich gewarnt).

ANORAKTYP SUBSPEZIES NR. 2 BRIEFMARKEN-SAMMLER

Äußeres Er ist möglicherweise kurzsichtig, weil er ständig kleine Papierstückchen aus der Nähe anstarrt.

Charakteristisches Verhalten Extrem methodisch. Er ist ein zwanghafter »leidenschaftlicher« Typ, aber die Leidenschaft, die seine Seele entflammt, ist das Finden einer seltenen Briefmarke oder wenigstens einer, die er noch nicht hat. Er verbringt Stunden/Tage/Nächte/Wochenenden/Schulferien/sein ganzes Leben still damit, kleine rechteckige (oder manchmal sogar anders geformte – was AUFREGEND ist) Papierstückchen in eine gewisse Ordnung zu bringen, und zwar in einem RIESIGEN, schweren Buch, das als Briefmarken-Album bekannt ist (sein ganzer Stolz und das Glück seines Lebens).

Warnung Vermeide unbedingt, in der Nähe seiner Briefmarkensammlung zu niesen. Wenn du es doch tust, werden kleine Papierfitzelchen in alle Richtungen fliegen und du wirst die nächste Stunde auf Händen und Knien verbringen, um eine besonders wichtige dreieckige Marke aus Mauritius zu suchen, die zum zweihundertsten Todestag des letzten Dodos herausgegeben wurde.

Vermeide zu niesen

SPEZIES 5
WIE DER
VATER

Äußeres Anzug und Krawatte oder eine alte Strickjacke und Cordhosen als Freizeitkleidung. Sorgfältig gekämmt und gescheitelt (hat noch etwas mehr Haare als sein Vater). Er trägt zu Sandalen Socken, besonders wenn er an den Strand geht.

Wo du ihn findest In den Fußstapfen seines Vaters. Er hat das überwältigende und brennende Verlangen, Buchhalter zu werden, wie sein Vater.

Typisches Verhalten Er ist sehr organisiert und neigt zu penibler Ordentlichkeit. Er bekommt einen Wutanfall, wenn du die sorgsam geordneten Kugelschreiber auf seinem Schreibtisch durcheinander bringst.

Besondere Kennzeichen Ein gerahmtes Foto seines Vaters vor sich auf dem Tisch, um ihn während einer Schularbeit zu inspirieren.

Was er wahrscheinlich sagt

»Sei so freundlich und schließ die Tür, wenn du rausgehst.«

»Ich wäre etwas vorsichtiger an deiner Stelle. Dein Rock ist ein bisschen kurz.«

»Aah. Das Wetter wird wieder besser. Zeit für ein bisschen Gartenarbeit.«

»Steht mir diese Strickjacke?«

»Also, zum Donnerwetter!« (Das ist wirklich ein sehr harter Fluch, den er nur in Augenblicken größter Verzweiflung gebraucht, wenn etwa seine Kugelschreiber leer geschrieben sind. Nachdem er es gesagt hat, hält er sich erschrocken die Hand vor den Mund.)

WIE DER VATER

Was deine Eltern wahrscheinlich sagen »Mensch, der ist ja genau wie sein Vater.« (Bitte beachte: sie sagen es ANERKENNEND.)

SPEZIES 6
DER SCHWAFLER

Charakteristisches Verhalten Er hat die schlechte Angewohnheit, seinen Mund zu öffnen und in einen unaufhaltsamen Schwall von Worten auszubrechen. Schwafler neigen zum Zusammenschluss in kleinen Herden. Es gibt Große Schwafler (gelegentlich Große gefleckte Schwafler, aber für ihre schlechte Haut können sie nichts) und Kleine Schwafler. Die Großen Schwafler haben lautere Stimmen. Aber sie haben alle eines gemeinsam: sie reden, reden, reden – und sie hören niemals zu.

Stimme Der Schwafler liebt den Klang seiner eigenen Stimme.

DER SCHWAFLER
Stopf ihm etwas Essbares in den Mund, um seinen Redefluss zu unterbrechen

Besondere Kennzeichen Ein schlimmer Fall von verbalem Durchfall. Ein totaler Schaumschläger. Macht genug heiße Luft, um damit einen Heißluftballon sechsmal um die Erde zu schicken.

Warnung Gib ihm nie Curry oder Bohnen zu essen, andernfalls tritt an beiden Enden Gas aus, was möglicherweise zu einer gewaltigen Explosion führt.

Wie du ihn loswirst Führ ihn direkt zum nächsten Imbissstand und steck ihm etwas Essbares in den Mund. Das bringt ihn zum Schweigen (Bonbons sind auch gut).

Sein Leitsatz Warum ein Wort benutzen, wenn es vierundsechzig ebenso tun?

SPEZIES 7
DER ANGEBER/ SNOB

Lebensform Gesellig. Sitzt gern in Cafés und »In«-Lokalen mit seinen Freunden zusammen, die Namen wie Detlef Wagner-Strauß (nicht zu vergessen Katharina von Mennighausen).

Stimme Laut. SEHR LAUT.
Wirft zwanghaft mit Namen um sich, insbesondere mit Namen von teuren Designer-Klamotten und dem »In«-Friseur und allem anderen, das laut schreit: »Ich habe Unmengen Geld und Geschmack und du nicht.« Er will überall Eindruck schinden, aber hauptsächlich beeindruckt er sich selbst.

DER STILLE ANGEBER
(FAST UNWILLKÜRLICH DREHST DU DICH NACH IHM UM)

Bemerkung zu einer Sub-Spezies des Angebers Du kannst an einen stillen Angeber geraten. Er kommt in den Raum und trägt DIE Jacke aus dem teuersten Kleidungsladen der Stadt, die jeder schon seit Ewigkeiten haben möchte. Jeder weiß, dass sie sündhaft teuer ist. Der Angeber grinst nur blöd vor sich hin – ein sehr charakteristischer und abstoßender Gesichtsausdruck dieser Spezies.

Wie du einen Angeber loswirst Das ist nicht einfach, aber du kannst so tun, als ob du schläfst. Vielleicht kapiert er dann, dass du von seinem Charme, Witz, seinem ausgedehnten Wissen und seiner Überlegenheit usw. usw. weder beeindruckt noch angetan bist.

Ein weiterer Ort, wo du einen Angeber finden kannst Auf dem Fußballplatz, verfolgt vom Schiedsrichter, der wild pfeift und schreit: »FOUL!« Der Angeber, der ein paar Mädchen an der Seitenlinie entdeckt hat, befördert die anderen Spieler aus dem Weg, um selbst an den Ball zu kommen. »LASST MIR DEN BALL!«, ruft er heroisch, rennt mit 100 km/h auf den Ball los und tritt daneben,

DIAGRAMM, UM DAS SCHICKSAL EINES ANGEBERS AUF DEM FUSSBALLFELD ZU ILLUSTRIEREN

rutscht im Matsch aus und landet flach auf dem Rücken. Während die anderen Jungen sich schieflachen, kannst du zu ihm hineilen und sein verletztes Ego pflegen.

SPEZIES 8 DER MACHO

Haltung Hart.

Typischer Ruf »HE-EYYY!«

Auf diesen seltsamen Ruf folgendes Verhaltensritual Er schlägt einem Kumpel mit einer Hand fest auf den Rücken und tut so, als ob er ihm mit der anderen in den Bauch boxen will. Er ruft: »Hey, ALTER!« oder etwas Ähnliches. Der Freund reagiert darauf, indem er so tut, als ob er IHM in den Bauch boxen will, und beide brechen in lautes, herzliches Gelächter aus.

Zweck des Verhaltensrituals Ein gemeinsames Band und eine Männersolidarität zu schaffen – sie sollen Mädchen beeindrucken und zugleich ein wenig einschüchtern.

Fester Glaube des Macho Mädchen sind doof, schwächlich und gefühlsduselig. Ihre Hauptfunktion im Leben ist es, sich von IHM beeindrucken zu lassen.

Wo du ihn findest Auf dem Sportplatz inmitten eines Unwetters, wenn ein sintflutartiger Regen rings um ihn den Schlamm aufspritzen lässt. »MIR macht das bisschen Regen doch nichts aus!«, ruft er eine knappe Sekunde, bevor ein Hagelkorn von der Größe eines Golfballs ihn an der Stirn trifft und flachlegt. (Er braucht eine Weile um sich zu erholen – unter der Pflege einer Krankenschwester bzw. seiner Mutter, die er sehr genießt, solange keiner seiner Kumpels in der Nähe ist.)

Ernährung Es ist die Quantität, die zählt, nicht die Qualität. Auf das Essen zu achten, statt es einfach nur in sich hineinzuschaufeln, ist nicht macho. Dagegen IST es macho, zu rülpsen und einen fahren zu lassen ... offen gesagt, ist es MACHO, einen FURZ einen FURZ zu nennen. Ihre Sprache ist voll lieblicher Wörter und Ausdrücke.

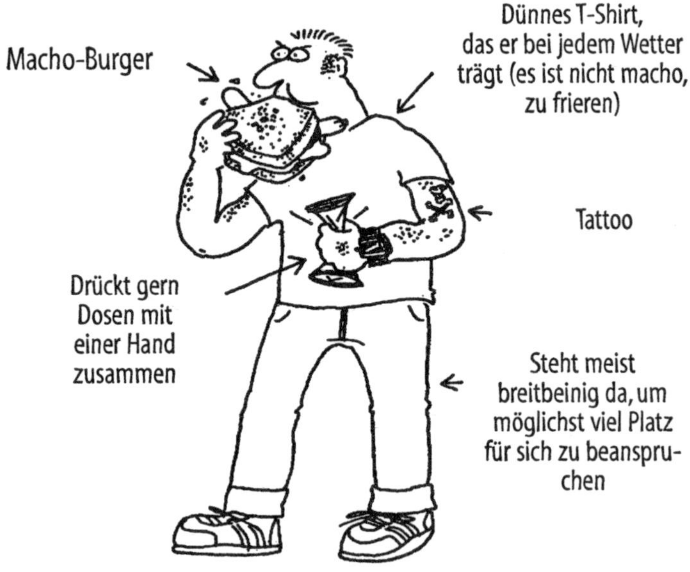

DER MACHO

Was ein Macho macht Er drückt eine Coladose mit bloßer Hand zusammen.

Was ein Macho sagt »Ich geh noch 'ne Pulle holen.« (Das klingt gut, auch wenn es bedeutet, dass er auf dem Heimweg für seine Mutter eine Flasche Milch einkaufen wird.)

Wie ein Macho geht Wenn er nicht so groß ist, wie er gerne wäre, dann kompensiert er das, indem er sich breit schwankend fortbewegt und so viel Raum ausfüllt wie nur möglich.

Wie du ihn loswirst (wenn du vom Rülpsen und Cola-Dosen-Zusammendrücken genug hast)
Stell einfach die folgende Frage:
»Fühlst du dich okay?«
»NATÜRLICH BIN ICH OKAY. SPINNST DU? SCHAU DIR DAS HIER AN!« Dann zeigt er dir seine Muskeln oder er wirft einen schweren Gegenstand ein gutes Stück weit weg um zu zeigen, wie unglaublich gut er drauf ist. Machos sind immer toll drauf und er nimmt es als persönliche Beleidigung, wenn irgendjemand daran zweifelt.

Merke Der Macho hat einen heiligen Respekt vor seiner Mutter. Zu Hause tut er, was ihm gesagt wird.

SPEZIES 9
DER
UNREIFE

Typisches Geräusch Das Kichern. Es ist unverwechselbar. Du hörst es die meiste Zeit während des Biologie-Unterrichts (besonders in den Stunden, wo es um Fortpflanzung geht – er kann sogar über das Sexualverhalten des gemeinen Froschs kichern). Jede Form sexueller Aufklärung haut ihn vor Kichern von den Socken.

Typischer Gesichtsausdruck Blödes Grinsen.

Wo du ihn findest Mit seinen Kumpanen kichernd und sich verstohlen umschauend. Sie machen füreinander Räuberleitern, um in die Umkleidekabinen der Mädchen zu schauen. Sie liegen unter Treppen mit Gitterstufen, um Mädchen unter die Röcke zu sehen. Sie fühlen sich besonders von Türen angezogen, die oben und unten Spalten haben, so dass sie darüber oder darunter hindurchspähen können. Ihre grinsenden Gesichter tauchen gewöhnlich dann auf, wenn du sie am wenigsten zu sehen wünschst.

DIE UNREIFEN (UND WENN DU SIE ERWISCHST,
LEBEN SIE NICHT LANGE GENUG UM DIE REIFE ZU ERREICHEN)

SPEZIES 10
DER WITZBOLD

Typisches Geräusch, das dir sagt, dass der Witzbold in der Nähe ist PHURRRRRTSSS!!!, dem unmittelbar ein »DRAN GEKRIEGT!« folgt. Ja. Jemand hat sich auf sein Furzkissen gesetzt. Es ist unglaublich komisch.

WAS HABEN WIR GELACHT!
(Er hat auch etwas in der Hand, mit dem er dir einen elektrischen Schlag versetzt, und eine Armbanduhr, die dir Wasser ins Gesicht spritzt. LUSTIGER TYP)

Andere Namen für den Witzbold Klassenclown. Es gibt NOCH ANDERE Namen, die ihm meist von der Person gegeben werden, die sich auf das Furzkissen gesetzt hat. Aber wir können sie hier nicht wiederholen.

Unkluges, aber charakteristisches Verhalten Er ahmt auf groteske Weise den Lehrer nach, während dieser noch nicht im Klassenraum ist. Er wird fast immer mitten in der Parodie von dem betreffenden Lehrer erwischt. Er verbringt eine Menge Zeit mit Nachsitzen oder damit, zum Direktor zu gehen.

Grund für das unkluge, aber charakteristische Verhalten Er will unbedingt Aufmerksamkeit erregen und beliebt sein, aber es fehlt ihm an Selbstvertrauen. Er glaubt, dass die Leute ihn mögen, wenn er sie zum Lachen bringt. Doch leider – wenn er kein geborener Komiker ist – wird sein Lacher pro Minute bald zum Gähner pro Minute. Der Witzbold, der Witze auf Kosten anderer macht, lenkt damit gewöhnlich von seinem Mangel an Selbstwertgefühl ab (er stärkt sein eigenes Ich, indem er sich über andere lustig macht. Er hat es aber gar nicht gern, wenn der Spieß umgedreht wird).

Wie man ihn daran hindert, noch einen blöden Witz zu erzählen Sag ihm, dass du ihn umwerfend sexy findest, wenn er ernst ist. Das müsste ihn zum Schweigen bringen. Er macht dann wahrscheinlich einen etwas verwirrten Eindruck und vergisst, wie der Witz weitergeht (wenn du Glück hast).

SPEZIES 11 . MUTTIS LIEBLING (VERWÖHNT)

Besondere Kennzeichen Eine sehr korrekt gebundene Krawatte (seine Mutter richtet sie jeden Morgen für ihn).

Charakteristisches Verhalten Er kommt, für jedes Wetter gerüstet, zur Schule (im Winter mit warmem Mantel, Gummistiefeln, Schal, Handschuhen und Wollmütze – oder ist es ein handgestrickter Kaffeewärmer? – und im Sommer mit drei blendend weißen Baumwollhemden zum Wechseln, grauen Shorts – für die Luftzirkulation – und verschiedenen Tuben mit Sonnencreme, Insektenschutzcreme, Fußspray und so weiter). Er bringt seine eigene verblüffend weiße Serviette mit Monogramm in die Schulmensa mit und breitet sie sorgfältig auf seinem Schoß aus, bevor er zu essen beginnt (natürlich muss IMMER Gemüse dabei sein), und vielfach führt er auch eine Zahnbürste mit sich, sodass er sich nach dem Essen die Zähne putzen kann.

Wo du ihn findest Auf Sportplätzen, wenn es kalt oder regnerisch ist.(Er hat einen Schrieb von seiner Mutter, in dem sie erklärt, dass er sich leicht Infektionen im Brust- und Rachenraum zuzieht. Er wirkt eigentlich nicht krank, aber die Schule würde sich hüten, seiner Mutter zu widersprechen).

MUTTIS LIEBLING

SPEZIES 12
DER LÜSTLING (GRAPSCHER)

Charakteristisches Verhalten Er schleicht sich an (er kommt nie direkt von vorne auf dich zu, sodass du ihn sehen kannst. Stattdessen ist er PLÖTZLICH da ...). Das Erste, was du wahrnimmst, ist das Geräusch schweren Atmens irgendwo an deinem linken Ohr. Entweder hat jemand einen schlimmen Asthmaanfall oder es ist ... DER LÜSTLING. Du drehst dich gerade rechtzeitig um um zu sehen, wie er rasch seine Hand zurückzieht, so als ob er drauf und dran gewesen wäre, dich zu berühren. Seine Haltung ist unterwürfig wie die eines sich duckenden Hundes, der Zuneigung sucht, aber einen Fußtritt erwartet.

LÜSTLING ODER GRAPSCHER

Stimme Undeutlich wegen des schweren Atmens und gelegentlichen Hechelns (EKELHAFT).

Äußeres Schäbig, mit ein paar unappetitlichen Flecken auf der Kleidung.

Besonderer Gesichtsausdruck Lüsternes Grinsen. Seine Augen und besonders seine Zähne erscheinen RIESENHAFT, wenn sein Gesicht sich deinem nähert (wahrscheinlich hat er auch noch Mundgeruch).

Tatsache Lüstlinge und Grapscher kommen bei Mädchen meist nicht gut an. Sei auf der Hut, wenn der Lüstling zu anderen, weniger angenehmen Taktiken übergeht, z. B. dass er deine Unterwäsche aus dem Mädchen-Umkleideraum stiehlt oder dich zwingt, ihn zu küssen (er packt dich an den Schultern und platziert einen Kuss auf dein Gesicht, obwohl du dich mit aller Macht dagegen sträubst). Ein solches Erlebnis ist, wenn auch nur kurz, einfach abscheulich.

Wie man ihn in Schach hält Sorg dafür, dass ein oder zwei Freundinnen bei dir sind, wenn er in der Nähe ist. Lüstlinge und Grapscher sind normalerweise Feiglinge und er wagt sich sicher nicht an dich heran, wenn jemand bei dir ist. Vielleicht starrt er dich aus der Ferne an – dann solltest du deine Freundinnen bitten zurückzustarren und auf ihn zu zeigen. Das dürfte ihn hinreichend beunruhigen, sodass er Leine zieht. Wenn er nicht weggeht, sprich mit lauter Stimme über deinen Freund oder älteren Bruder, der Judokämpfer ist oder sich gerade als der jüngste Schwergewichtsboxer im Land qualifiziert hat. Er schleicht garantiert fort.

Verschiedene Unterarten von Lüstlingen/Grapschern:
KLASSENZIMMER-LÜSTLING
FREIZEITZENTRUM-LÜSTLING – Er treibt sich am Pool herum und du findest ihn überall, wo ein Mädchen einen Minirock/einen engen Gymnastikanzug und Leggings/Radlerhosen trägt.
MENSA- ODER BUSSCHLANGEN-POBEFUMMLER – Er steht nah (zu nah) hinter dir, atmet in deinen Nacken und fummelt plötzlich an deinem Po herum. (Wenn du in der Schlange zur Essens-

ausgabe stehst, wird dir dies den Appetit gründlich verderben. Du hättest nichts dagegen, dass der Junge, den du wirklich magst, sich so verhält. Aber der tut das nicht.)

Wie du den Pobefummler vertreibst Dreh dich um und sprich ihn direkt mit lauter Stimme an: »Würdest du das bitte SEIN LASSEN?« Das macht ihn so verlegen, dass er wahrscheinlich einen Kilometer weit davonrennt (und ab sofort einen Kilometer Abstand zu dir halten wird).

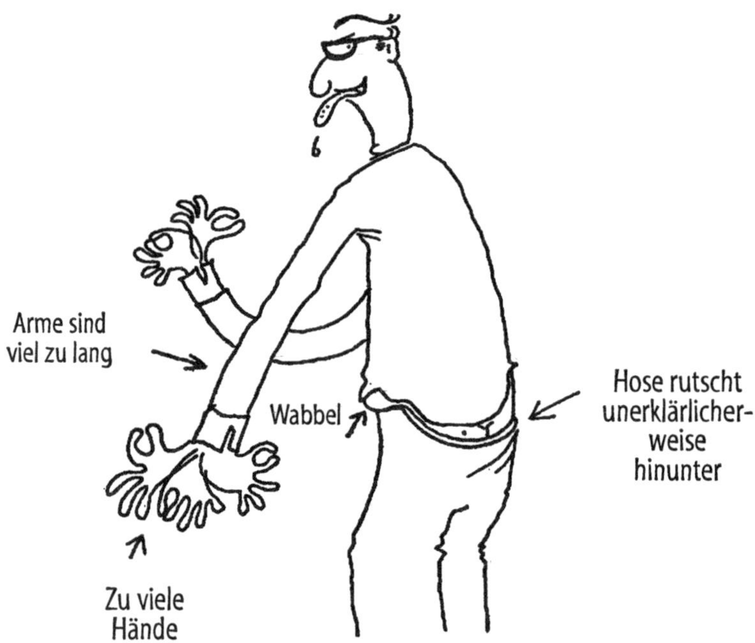

ANATOMIE DES LÜSTLINGS

SPEZIES 13

DER TRAUERKLOSS, DER SICH IN DICH VERLIEBT HAT UND DIR NACHSTEIGT

Äußeres Traurig. Unauffällig. Hinterlässt keinen Eindruck. Wenn dich jemand kurz nach einem Gespräch mit ihm fragen würde, welche Augenfarbe er hat oder was er anhatte (obwohl es unwahrscheinlich ist, dass jemand das tun würde), hättest du nicht die geringste Ahnung.

Charakteristisches Verhalten Traurig. Er steht da, starrt dich niedergeschlagen an und wartet darauf, dass du etwas sagst oder tust, das seinen Tag rettet. Aber du tust es nicht.

Besonderer Gesichtsausdruck Traurig. Seine Augen werden leicht feucht und flehen stumm, dass du ihn wahrnehmen und lieben mögest.

TRAURIG

Gesamter Körperausdruck Traurig. Sein ganzer Körper fleht dich an, ihm nahezukommen, aber traurigerweise lässt du das nur über deine Leiche zu.

Wie du ihn dir vom Leibe hältst

- Sag: »Schau dir das Pärchen schwarz gestreifter Frosch fressender Sumpftraber da drüben an – ich glaube, sie paaren sich gerade.« Während er den Horizont nach dem ungewöhnlichen Geschehen absucht, kannst du dich aus dem Staub machen. Dummerweise findet er dich wieder, egal wo du auch bist.
- Wenn es ein Mädchen gibt, das du nicht sonderlich magst, sag ihm, dass sie in ihn verliebt ist. Das ist gemein,

ABLENKUNGSMANÖVER: VERKLEIDE DICH

aber es funktioniert. Es ist möglich, dass er nun IHR überallhin folgt. Er sucht verzweifelt nach Liebe, gibt den anderen aber gleichzeitig keinen Grund, IHN zu lieben.

• Verkleide dich so, dass er dich nicht erkennt (aber vielleicht ist das auch keine so gute Idee, weil der Junge, den du wirklich magst, dich dann auch nicht mehr erkennt. Möglicherweise hat auch der Lehrer etwas dagegen, dass ein Gorilla/Grizzlybär/Alien in seiner Klasse sitzt).

SPEZIES 14
DER FUSS-ABSTREIFER

Wo du ihn findest Flach auf dem Boden, sodass du deine Schuhe an ihm abputzen kannst.

Lebenseinstellung Entschuldigt sich ständig und versucht immer eifrig, dir Freude zu machen. Dieser Eifer ist sehr abstoßend.

Typisches Gespräch mit einem Fußabstreifer

DU: »O Gott, du schon wieder!« (Das ist nicht sehr nett, oder? – du solltest dich schämen. Aber er hat diese Wirkung auf dich.)
FUSSABSTREIFER: »Ja. Es tut mir Leid, dass ich dich störe, aber ich möchte dir wirklich etwas sagen.«
DU: »Dann sag's schon.«
FUSSABSTREIFER: »Ich weiß, dass du letzte Woche mit zehn anderen Jungs aus warst, aber ich möchte einfach, dass du weißt, dass ich IMMER NOCH dein Freund bin und dass ich für dich da bin, ganz nah bei dir.« (Direkt unter deinen Füßen.)
DU: »Hau ab.«
FUSSABSTREIFER: »Meine Liebe für dich ist noch genauso stark wie vorher.«
DU: »Sieh mal, äh ... Ich weiß nicht, wie ich dir das sagen soll, aber ...«
FUSSABSTREIFER: »Sag nichts! Es ist schon in Ordnung. Ich erwarte nichts von dir.«
Das ist nur gut so, denn er wird auch nichts bekommen. Du hast vielleicht Schuldgefühle nach einem solchen Gespräch, weil du eigentlich nicht so gemein sein willst. Aber versteht er denn keinen WINK mit dem ZAUNPFAHL?

Tatsache Die Tatsache, dass ihn nichts abstößt, ist abstoßend. Je aufdringlicher er wird, um so ekelhafter wirst du, und je ekelhafter du zu ihm bist, um so öfter entschuldigt er sich bei DIR. Das ist so entnervend, dass du immer ekelhafter wirst. Er macht, dass du dich SCHEUSSLICH fühlst, und du wünschtest, er würde aufhören, vor dir im Staub zu kriechen.

Wie du einen Fußabstreifer daran hinderst, unter deine Füße zu kommen (und dir auf die Nerven zu gehen) Atme tief durch, zähl bis sechsunddreißig (das ist ein sehr tiefer Atemzug – versuch, nicht ohnmächtig zu werden) und sei so nett wie möglich zu ihm. Fußabstreifer kommen nur schwer damit zurecht, wenn man nett zu ihnen ist. Sie sind eher an Leute gewöhnt, die auf ihnen herumtrampeln. Das nächste Mal, wenn er zu dir sagt: »Ich weiß, du liebst mich nicht wirklich«, versuch zu antworten: »Aber ich mag dich sehr. Ich mag deine Ehrlichkeit, Rechtschaffenheit, Warmherzigkeit und Seelengröße. Du bist ein wirklich guter Freund.« Dann schaut er vermutlich verwirrt und argwöhnisch

DER FUSSABSTREIFER

drein. Du hast ihm nichts gelassen, wofür er sich bei dir entschuldigen könnte. Behandle ihn mit Respekt. Das nächste Mal, wenn er sich dir zu Füßen wirft, geh um ihn herum statt über ihn hinweg. Er wird nach einem anderen Mädchen Ausschau halten müssen, das bereit ist, die Schuhe an ihm abzuwischen.

Alle oben genannten Spezies haben eines gemeinsam.
Sie sind ... TRAURIG.

Ratschläge, wie man diese Spezies vermeidet

- Ignorier sie vollständig. Schau durch sie hindurch.
- Benutz so viele Vermeidungsstrategien wie nötig (so wie »Mein Gott, es ist schon spät! Ich muss gehen!«).

Kapitel 7

JUNGS, DIE VOM AUSSTERBEN BEDROHT SIND

BEDROHTE SPEZIES 1

DER ALTMODISCHE ROMANTIKER

Bemerkung zu bedrohten Spezies Es gibt mehrere Spezies, die sich aus Sicherheitsgründen hinter anderen in diesem Buch beschriebene Spezies verstecken. Das liegt daran, dass sie in ihrer Existenz bedroht sind.
Du kannst dich wirklich glücklich schätzen (DU RIESENGLÜCKSPILZ!), wenn eine der folgenden Spezies vor deiner Tür auftaucht.

Wo du ihn findest Vor deiner Tür, mit einer roten Rose und einer Schachtel Pralinen oder deinem Lieblingsparfum und zwei Karten für ein Konzert, einen Film oder ein Theaterstück, das du schon lange sehen möchtest.

Besondere Kennzeichen Er ist ein Meister des AUGENAUFSCHLAGS, der dich vollkommen DAHINSCHMELZEN lässt. Er schaut dir tief in die Augen – der Blick kommt direkt aus seiner Seele, ohne jede Verstellung und voller Liebe.

Äußeres Du glaubst vielleicht, dass kurz geschorenes Haar, ein Nasenpiercing, Ohrringe und Tattoos nicht zu ihm passen, aber du kannst dich täuschen. Der größte und stämmigste Kerl kann sich in den gefühlvollsten Jungen verwandeln, wenn er verliebt ist. Ebenso kann es dir passieren, dass einer der Macker zu einem empfindsamen Romantiker wird, wenn er mit dir allein ist (er geht ein furchtbares Risiko ein, denn wenn die anderen Macker das herausfinden, werden sie ihn schwer unter Beschuss nehmen). Wahrscheinlich kannst du dir den komischen Intellektuellen, der in der Bibliothek unter Büchern vergraben sitzt, schlecht als romantischen Helden vorstellen, aber er ist gewiss dazu fähig, ein Liebessonett (anonym) an das Mädchen zu schicken, das er bewundert.

Gründe, warum der altmodische Romantiker eine bedrohte Spezies ist

- Es gilt nicht als cool, sich bei Mädchen zu sehr anzustrengen, sie mit Geschenken zu überhäufen, ihnen schöne Dinge zu sagen und so weiter.
- Er ist mehr als besorgt, dass die anderen Macker ihn mit einem Blumenstrauß erwischen:

MACKER: »Naah! SCHAUT EUCH MARTIN AN! Ist er nicht SÜÜÜÜSS! Bussi Bussi! Ein niedliches Sträußchen für sein Mädelchen!«

MARTIN: »Sie sind für meine Mutter!«

- Die Gefahr, aufgezogen und ausgelacht zu werden, ist der Hauptgrund, warum der Romantiker seine wahren altmodischen Gefühle lieber verbirgt.

ROMANTIKER

Wie das Überleben dieser sehr schönen, sanften und leidenschaftlichen Spezies sichergestellt werden kann (wie könnte man widerstehen?)

- Das nächste Mal, wenn ein Junge eine Blume oder ein kleines Geschenk auf deiner Schulbank zurücklässt, dann versuch zu würdigen, wie MUTIG es von ihm war, dies dort hinzulegen. Er hat dir ein fantastisches Kompliment gemacht (es ist ziemlich aufregend), und damit riskiert er für sich sowohl Ablehnung wie Spott. Also ignorier das Gekicher seiner unreifen Freunde und belohn ihn mit dem schönsten Lächeln. Wenn du nicht weißt, wer dir die Blume hingelegt hat (noch aufregender! – du hoffst, es ist der Junge, den du seit Ewigkeiten toll findest, und nicht der Anoraktyp), zeig deutlich, dass dir diese Geste sehr gefällt, indem du an der Blume riechst und sie in einem Glas Wasser auf deinen Tisch stellst.
- Unterschätze nie den Schmerz der Zurückweisung. Wenn ein Junge – selbst ein absoluter Anoraktyp – seinen Mut zusammennimmt und dich fragt, ob du dich mit ihm treffen willst, dann fauche ihn nicht an: »Wer will sich denn schon mit DIR treffen?« Das ist unglaublich grausam und wird den altmodischen Romantiker im Keim ersticken, bevor er auch nur die Chance hatte, seinen Anorak wegzuwerfen und sein wahres Gesicht zu zeigen. (Wenn du die Vorstellung nicht erträgst, dich

ROMANTISCH

mit ihm zu treffen, dann gebrauche eine einfache Entschuldigung, etwa dass du eine Menge Hausaufgaben nachholen musst.)

- Denk daran, dass die äußere Erscheinung täuschen kann. Nur weil er nicht romantisch AUSSIEHT, heißt das noch keineswegs, dass er es auch nicht ist. Wenn du seine romantische Ader anregen willst, gib ihm jede denkbare Gelegenheit, seine Gefühle zu äußern (etwa ein Spaziergang zu einem landschaftlich schönen Ort, vorzugsweise mit einer wunderbaren Aussicht, oder ein stiller Abendspaziergang unterm Sternenhimmel oder schlicht das gemeinsame Anhören romantischer Musik).
- Du kannst seine romantische Seite auch dadurch fördern, dass du einen ruhigen Tisch für zwei in der Schulkantine bestellst (HAHA). Sag etwas wie: »Ich sitze gern am Fenster, weil ich die Aussicht mag.« Während du das noch tust, erscheinen draußen vor dem Fenster mehrere unangenehme Figuren, drücken ihre Nasen an der Scheibe platt und schneiden euch Gesichter. Gib nicht auf. Lade ihn zum Essen zu dir nach Hause ein (wenn du den kichernden kleinen Bruder, den Hund und die Eltern ignorieren kannst, die dich keinen Augenblick allein lassen wollen). Kerzenlicht ist romantisch. Du kannst deine Mutter bitten, Kerzen für das Abendessen zu benutzen. (Es kann Würstchen und Kartoffelsalat oder Pizza geben, doch das Wichtigste für einen Romantiker ist das Kerzenlicht und dass er dein Gesicht bei gedämpftem Licht betrachten kann. Wenn er nicht romantisch ist, wird

NICHT ROMANTISCH

er dich nicht einmal ansehen, bevor er den letzten Bissen hinuntergeschlungen hat.)

Achtung

Erwarte auch von dem romantischsten Jungen nicht, dass er DIE GANZE ZEIT romantisch ist. Eines Abends hat er vielleicht die Füße hochgelegt, trägt sehr unromantisch muffende Strümpfe, guckt irgendeinen Müll im Fernsehen an und legt den ganzen Abend seinen Arm nicht um dich und sagt NICHT EIN EINZIGES MAL, dass er dich liebt. Das bedeutet aber nicht, dass er dich wirklich nicht mehr liebt. Es bedeutet nur, dass er ein Mensch ist und einfach erschöpft ist von endlosen romantischen Liebeserklärungen und eine Pause braucht (du vielleicht auch?). Gib ihm Raum und Zeit, sich zu erholen, stehen die Chancen sehr gut, dass er wieder vor deiner Tür steht mit einer roten Rose und DEM AUGENAUFSCHLAG, der dich zum SCHMELZEN bringt.

BEDROHTE SPEZIES 2

DER GENTLEMAN

WORAN MAN EINEN GENTLEMAN ERKENNT Polierte Schuhe. Sie sind so blitzblank poliert, dass sich dein Gesicht in ihnen spiegelt (wenn du dich auf alle viere begibst. Aber krieche nicht um seine Füße herum – das ist unwürdig. Er erwartet, dass du dich wie eine Dame verhältst, und Damen kriechen nicht herum). (Es sind sowieso nicht seine Schuhe, die dich interessieren.)
Bitte beachte: Der Gentleman von heute trägt vielleicht sehr saubere Turnschuhe statt polierten Schuhen.

Wo du ihn findest Am vereinbarten Ort zur verabredeten Zeit. Auf die Sekunde genau. Er ist immer PÜNKTLICH. (Du hingegen darfst ihn warten lassen. Es zeichnet einen Gentleman aus, dass er geduldig wartet, bis die Dame bereit ist.)

Der Gentleman
(Er wartet geduldig auf dich)

Kein Gentleman (aber menschlich)

Charakteristisches Verhalten Er hat untadelige Manieren (deine Eltern finden ihn WUNDERVOLL). Er öffnet dir die Tür, selbst wenn er einen Sprint hinlegen muss, um vor dir an der Tür zu sein. Genauso rennt er wie ein Idiot ums Auto, um die Wagentür für dich zu öffnen. Es ist ein lang gehegter Glaube unter Gentlemen, dass Damen mit Türen Schwierigkeiten haben. Der Gentleman tut sein Bestes, damit du dich hilflos fühlst. (Vielleicht gewöhnst du dich langsam daran, dieses Gefühl zu mögen.)

Historische Tatsache

Eine gewaltige Herausforderung für den Gentleman war die Erfindung der Drehtür. Denk mal darüber nach (dann dreht sich dir alles).

Ein echter Gentleman-Zug Eine Bereitschaft, nein, eine äußerste Entschlossenheit, zu WARTEN. (Er liebt es, in einer Warteschlange zu stehen.) Er findet, du und er, ihr solltet beide warten. (Du weißt nicht so recht, worauf, aber du hast eine vage Vorstellung.) Du hättest sicher nichts dagegen, wenn er sich das schicke Jackett von der Brust reißen, den sorgfältig gebundenen Schlips lösen und dich in die Arme nehmen würde. Aber er tut es nicht. GRUND: Er ist darauf eingestellt, auf dich zu warten.

Wie du ihm klar machst, dass Warten unnötig ist

• Wirf dich in seine Gentlemanarme und sag ihm, dass er der süßeste Schatz der ganzen Welt ist und dass du wirklich nur mit ihm zusammen sein willst.
Wahrscheinliche Reaktion: Schock. Ungläubigkeit. Eine steife Oberlippe. (Mehr nicht.) In seinem Buch (Das Buch der Ritterlichkeit und Etikette) kommen KEINE Mädchen vor, die den ersten Schritt tun.
• Sag ihm, dass er dir besser gefällt als alle Jungs, mit denen du je aus warst.
Wahrscheinliche Reaktion: Das wird ihm möglicherweise nicht schmecken. Nette Mädchen gehen nicht mit vielen Jungs aus.
• Sag ihm, er sei der ERSTE Junge, mit dem du ausgehst.

WIE MAN EINEN GENTLEMAN UMWIRBT

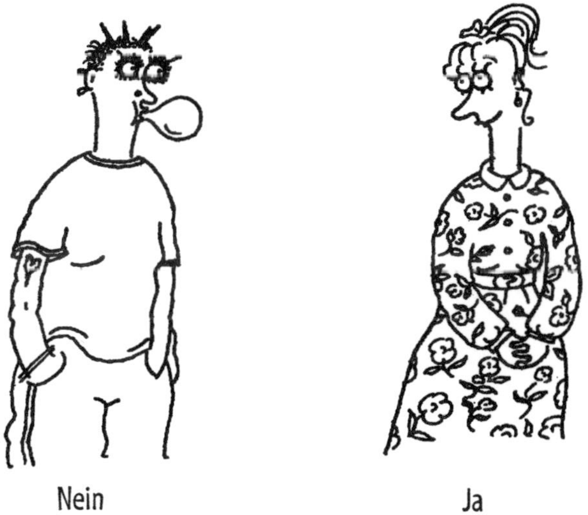

Nein Ja

Wahrscheinliche Reaktion: Auch wenn es eine kleine Notlüge ist, wird es die gewünschte Wirkung haben. Er wird von deiner Unschuld gerührt sein. Vielleicht werdet ihr daraufhin sogar Händchen halten.

Hauptgrund, warum der Gentleman vom Aussterben bedroht ist Frauen haben die Nase voll vom Warten. (Willst du wirklich ewig darauf warten, dass er dir die Tür öffnet?)

Gründe, warum der Gentleman erhalten werden sollte (weder ausgestopft noch in Spiritus, sondern in seinem natürlichen Zustand)

- Er ist der Erste, der dich verteidigt, wenn dich irgendetwas bedroht.
- Seine fundamentale Zurückhaltung und sein Ehrgefühl bedeuten, dass du bei ihm sicher bist. Er würde nicht im Traum daran denken, dich in irgendeiner Weise zu verletzen. Er hat nur den Wunsch, dich zu beschützen.
- Es ist angenehm, durch eine geöffnete Tür zu gehen, statt sich mit dem Ellbogen hindurchzumanövrieren, beladen mit all den Büchern, Ordnern und dem hübschen, aber großen Tontopf, den du im Werkunterricht hergestellt hast.

Warnung

Das Äußere kann täuschen, und wenn du nicht genau hinsiehst, kannst du den Jungen fälschlich für einen Gentleman halten (möglicherweise für einen gemeinen gefleckten Gentleman oder eine andere Subspezies), während er in Wahrheit ZU altmodisch und überkandidelt ist, was so viel heißt, dass er eine Kreuzung darstellt mit ...

dem MCS!

BEDROHTE SPEZIES 3

DAS MÄNNLICH-CHAUVINISTISCHE SCHWEIN (MCS)

Haltung Mädchen gegenüber Schlecht. Er sieht Frauen als Menschen zweiter Klasse an, während ER ein erstklassiger Mann ist (seiner Meinung nach).

Typischer Schrei eines MCS, wenn er ein Mädchen sieht »Booaah! Ich bin hier für dich, Baby! Bist du nicht glücklich, dass ich in dein Leben getreten bin?« (Oder etwas Ähnliches.)

Was das MCS am wenigsten mag

- Frauen, die nicht kochen, keinen Kaffee und/oder Tee machen können.
- Frauen, die es ablehnen, ihn von hinten und vorne zu bedienen.
- Frauen, die zu viel reden.
- Frauen, die überhaupt reden.

MCS (ACH, GIB'S ZU: ER IST SÜSS!)

- Frauen mit einem eigenen Kopf.
- Frauen mit Kopf.

Hauptgrund, warum das MCS vom Aussterben bedroht ist Frauen schlagen ihn zusammen, wann immer er den Mund aufmacht (diejenigen, die nicht an die gnadenvolle Wirkung physischer Gewalt glauben, ignorieren ihn einfach).

Gründe, warum das MCS erhalten werden sollte Antworten bitte per Postkarte.

Die drei oben genannten Spezies haben eines gemeinsam: **ihr Überleben hängt von DIR ab.** Du kannst das ganze Leben eines Romantikers zerstören, den Gentleman zutiefst beleidigen und das MCS vollkommen ignorieren. Umgekehrt kannst du den Romantiker in der rosigen Glut wahrer Liebe baden, dem Gentleman zuliebe vollkommen charmant, feminin und hilflos (bis zu einem gewissen Punkt) sein und das MCS vollkommen ignorieren (oder, wenn du das vorziehst, es heiraten und den Rest deines Lebens in der Küche verbringen).

SCHLUSS

WIE MAN EINEN TOLLEN JUNGEN ERKENNT

ER BRAUCHT DICH NUR ANZUSEHEN
...UND SCHON SCHMILZT DU DAHIN

Nun, da du dein Fernglas auf all diese verschiedenen Spezies scharf eingestellt hast – auf die tollen Jungs, die wilden, bösen und gefährlichen, die braven Jungs, die Witzbolde, die herausfordernden/sensiblen Typen und die Sportskanonen –, kannst du entscheiden, welche von ihnen du näher ins Auge fassen willst. (Versuch die langweiligen und ärgerlichen Typen durch das andere Ende des Fernglases zu betrachten, sodass sie weiter weg erscheinen!)

Ob es das laute Gejohle des Großen gefleckten Mackers ist, das dich anzieht, oder der sanfte und manchmal tonlose Pfiff des braven Jungen oder der Trompetenschrei des Sporthelden, der den gegnerischen Ball ins Aus befördert, du kannst dich ihnen jetzt mit einer gewissen Selbstsicherheit nähern, denn: DU WEISST ÜBER SIE BESCHEID (na ja, jedenfalls ein bisschen). Sei aber nicht zu selbstsicher und vermeide plötzliche Bewegungen oder das Exemplar der Spezies, dem du dich näherst, erschrickt und ergreift die Flucht. Aber behandelst du sie richtig, solltest du, mit der Hilfe dieses unschätzbaren Handbuchs, zumindest bald einen von ihnen so weit haben, dass er dir aus der Hand frisst (das ist ein bisschen unmanierlich, aber es besteht auch die Möglichkeit, dass du ihm beibringst, mit Messer und Gabel vom Teller zu essen usw.).

Sei vorbereitet.

KENNE deinen Jungen. Identifiziere ihn zuerst.

Und dann verliebe dich in ihn …

Maria Coole

Jungs
– und wie sie funktionieren
So fühlen, denken, träumen sie

Jungs – gerade war noch alles klar und plötzlich reagieren sie mal wieder so seltsam, dass du endgültig die Hoffnung aufgibst, sie jemals zu verstehen. Kein Grund zur Panik, denn du hältst die Antworten bereits in Händen.

- So denken Jungs wirklich
- Damit haben sie am meisten Probleme
- Das mögen sie am liebsten
- So findest du den Richtigen ...

Der unentbehrliche Guide für clevere Girls!

128 Seiten

UEBERREUTER